あっちこっちどっち？

Acchi Kocchi Docchi?

塚田セバスチャン

文芸社

はじめに

どうして迷路に右折や左折を作ったのだろう？　ずっと一本道なら迷うことなくゴールに行けるのに。でもそれでは全然楽しくない。むしろ迷路になってない。

どんなに複雑な迷路でも、ゴールまでの道順がわかっていれば迷うことはない。しかしわからないから〝右〟と〝左〟だけで悩むのである。そのとき右を選んだ人は何を思ったのか？　左に行った人は何を考えたのか？　それは今までの経験や勘、習慣や今日の占いなど、自分独自の思考回路で考えた結果である。

他人の思考回路の中を、少しでものぞけたら楽しそうだ。誰が何と言おうと私は楽しい。

この本では、人間が二つの中から一つを選ぶときの選考基準を、私の独断と偏見で決定したものを紹介する。

みなさんにも、これから出てくる質問の答えをAかBで選んでいってほしい。そのとき自分はどうしてこっちを選んだのか、逆に友達はなぜそっちを選んだのか、比べてみると新たな発見があるかもしれない。友達がいない人は私の解答と比べればいい。いや、友達がいてもいなくても、私の解答と比べてみてほしい。一応それがねらいだから。

あっち こっち どっち？

contents

Q7

整形したら失敗してしまった。なるならどっち？

36

Q8

死に方、どっち？

39

Q9

季節は秋、風呂に入るならどっち？

42

Q10

旅行の帰りの新幹線で、乗るならどっち？

46

Q11

自分に欠点が一つあるとしたら、許せるのはどっち？

50

Q12

無人島に持っていくならどっち？

53

Q13

自分の親でもいいと思うのはどっち？

57

Q14

独り暮らしで部屋を借りるならどっち？

61

あっち こっち どっち？

contents

あっち こっち どっち？

contents

Q33 席を譲るのはどっち？ **125**	Q29 独り暮らしで必要だと思うのはどっち？ **114**
Q34 リアクションに困るのはどっち？ **128**	Q30 五歳の子に言われて困るのはどっち？ **117**
Q35 大人気ないと思うのはどっち？ **131**	Q31 地獄に行くとしたらどっち？ **120**
Q36 言おうか言わないでおこうか迷うのはどっち？ **134**	Q32 親に聞かれたくないのはどっち？ **122**

あっち こっち どっち？

contents

あっち　こっち　どっち？

Q1

自分の息子でいいと思うほうはどっち？

A　マザコン

B　ロリコン

〝息子〟と一言で言っても「オギャー」と生まれた赤ちゃんから、杖をついて歩くおじいちゃんまでと幅が広い。しかしこの場合〝ロリコン〟とあるので幼い子は〝息子〟の対象外にする。もし仮に五歳の子でロリコンだとしたら、その相手の女の子は、どれだけ幼いのか。まだお母さんのお腹の中にいるという事態にもなりかねない。

ある程度成長をしていて、異性に興味や恋愛感情を持っている青年。具体的な数字を出すならば、二十代を今回の対象にしよう。

また、マザコン、ロリコンの見解も人それぞれで違う。基準となるものが存在しないので、私の独断で決めさせていただくことにする。

まずマザコンだが「ママ」と呼んでいたらもうマザコンにさせていただく。いつも、お母さん、お母さん、お母さん、と母親に頼りきって、友達との旅行も相談してしまうような人もそう。一緒に寝ていたり、一緒に風呂に入っていたり、は言うまでもないだろう。

次にロリコンだが、二十九歳の男が女子中学生を相手にしていれば（実際に困った事件も多々起こっているが）ロリコンになると思う。が、二十歳の男に対して女子中学生となると、意見が割れそうな気がする。今回、対象となるのが二十代なので、上と下の開きを考えて、小学生以下の子に恋をする人をロリコンとしよう。これは、ただかわいいとか好き、というのではなく、ちゃんと恋愛対象にしている人である。

これでようやく本題に入る。A、Bどちらも個人の自由で、他人にとやかく言われる筋合いはないというものだ。しかし、いざ自分の息子だとなると話は違う。親として心配になる。

二十五歳のいい大人が「来週友達と遊びに行くんだけど、行ってもいい？」「ママも一緒に行かない？」なんて言ってたら、この子は将来独立できるのか、と心配になる。

逆に二十五歳のいい大人が、近所のランドセルを背負った女の子を見て「あの子、彼氏いるのかな」「付き合いたいな」なんて言ってたら、この子はまともに結婚できるのか。もしかして、犯罪でも起こすんじゃないか、と心配になる。

マザコンが行き過ぎて「ママと結婚したい」と言い出し法律と闘ったり、別の女性と結婚しても、何かあるごとに母親のところに戻ったりするのは問題である。

ロリコンも行き過ぎて、ストーカーになったり、お金を払って付き合ったりするのは、人としての限度を超えている。

でもまあ、両者とも悪い面ばかりではない。マザコンは母親に対して強い愛情を抱いている証拠である。家庭内の問題であって、他人を傷つけたりはしない。ロリコンは女性の好みに関しては異色であるが、自立する期待は持てる。

私はこの二つを比べたら、ロリコンを選ぶ。

いつまでも母親に頼って、はっきり言って甘えているような男には育ってほしくない。それに対人関係も不安である。母親以外の女性とうまくやっていけるのか。休みの日というのに、彼女と遊びにも行かず、母親と買い物に行くぐらいなら、多少アブノーマルでも結構。女性への興味を幅広く持ってほしい。

Q2

携帯電話を買おうとしている。買うならどっち?

A　画面がカラーで高画質だけど、着信音が単音

B　着信音がCDなみの高音質だけど、白黒画面

どちらの携帯も実際にあったら、売れないだろう。しかし世界中探してこの二つしかなかったとしたら、渋々ながらも、どちらかを買うだろう。

今だからこそ、カメラが付いたり、着信音がしゃべったりするが、少し前までは単音も白黒も当たり前だった。今や携帯電話も、電話以外の機能が進化してその機能のよし悪しで選んでいる。普段から不自由ない機能を使っているので、気にも留めていないが、自分は画面重視なのか、音重視なのか、それを訊くだけの質問である。

まず、画面がきれいだと携帯を見たとき気分がいい。携帯を開いて液晶画面に映る画像が、出来の悪い白黒コピーみたいだったら、見るに堪えない。いっそのこと、何もないほうがまだましである。それに好きな芸能人、スポーツ選手、アニメキャラクターの画像も、どうせ見るならきれいなほうがいい。

音に関しては、ただのベルよりも自分の好きな曲が鳴ったほうが楽しくなる。私の場合、他人の携帯から好きな曲が掛かると得した気分になる。そんな私の気も知らないで、その携帯の持ち主が、曲のサビにいく前に電話に出ると、腹が立つ。

朝起きるときも、目覚まし代わりに携帯を使う人がいると思う。それも好きな曲でいい音なら、気分よく起きられるというものだろう。

また、画面、音を人と違うものにすることによって、自分の携帯である、という自己表現にもなっている。

私としては、音よりも画面重視にしたい。着信音は電話が掛かってこないことには意味をなさない。電話が掛かってこなくても聴くことはできるが、そこまでして聴くならＣＤ

を聴く。それに場合によっては、音を切らなくてはならないことも多々ある。せっかく電話が掛かってきても、バイブだとつまらない。それだったら画面が充実しているほうがいい。待ち受け画面も好きな芸能人にして、画質もテレビや写真さながらのきれいさだったら嬉しくなる。日によって画像も替えれば楽しく新鮮である。さっきも述べたが、着信音を替えても利用がなければ使用することもない。曲が聴けないのと、自分にはあまり掛かってこないという現実を実感して、寂しい。

Q3

大便をしようとトイレに入った。使用するのはどっち?

A　汚い和式

B　きれいだけどドアが首から下しかなく、顔が見える洋式

食べることと同じくらい大切な排便。普段何気なく行われているが、そこは我々にとって最もプライベートな空間である。その空間をいかにして自分らしく使うか、これは深いテーマである。

Aの汚い和式。というのは、周囲から何も邪魔されることもなく、その行為に没頭できる。結果、集中してスピーディーにことを終えられる。しかしその反面、いい気持ちはしない。自分のものですら汚く感じるのに、それがどこの誰だか知らない人のものでは、本

当にやる瀬ない。

経験上、洋式がいくら汚くても、便座まで汚くなることはまずない。よって、服が汚れたりという直接的な被害は受けないと考えられるから、あとは気持ちの問題である。しかし和式というのは、足元と便器が密接した位置にある。汚れているのが便器だけならまだいいが、気分を悪くするほどの汚さもしばしば。ミスなく終わればよいが、一歩間違えれば……である。

Bのきれいだけどドアが首から下しかなく、顔が見える洋式は、Aのまるっきり反対である。トイレなのに変なにおいもせず、清潔な空間そのものである。自分が一番最初に手を付けたかのような、きれいなトイレで排便をすれば、気分もいい。

しかし一方、顔が見えるわけだから、プライバシーなんてものはないに等しい。全身ではないが、他人に見られながらするのも、なかなか落ち着かないものである。

これが、駅やデパートやホテルなどのトイレならまだいい。ほかの人はみんな自分のことを知らないし、もう会うこともない。しかし学校や会社といった、顔見知りのいる場所では、そう簡単に割り切れない。やはり顔を知っている分、相手にどう思われるか気になる。「○○今日もトイレにこもってたぞ」「あいつのにおい、きつくて」なんて噂されていたら……。考えただけでも、うかつに個室に入れない。

この質問に関しては、とても迷うところである。私にとってトイレは、それまで張り詰めていたものを解き放つ安息の地である。仮に、駅の公衆トイレで小便をしているときに後ろに並ばれると、緊張して出るものも出なくなる。それだけ他人に干渉されたくないのである。

中学、高校時代、どういうわけだか男子は、休み時間になると意味もなくトイレに溜まる傾向があった。そのたびに私は、一番奥の便器で小便をした。

これまでの話を総合すると、Aを選びそうな気もするが、結論から言うとBである。Bは精神的ダメージは大きいが、肉体的ダメージは小さい。それに比べAは、汚れている便器で、まず精神的ダメージを受ける。万が一ズボンの裾が汚れたら、こんどは肉体的ダメージを受け、ズボンの汚れに対してさらに精神的ダメージを受ける。つまり、最悪の事態を考えたとき、Aのほうが被害の程度が大きいと思われる。とまあ、回りくどく説明しているが、単に汚れたくないだけである。土を踏むのと、犬のフンを踏むのでは、やっぱり犬のフンのほうが不快である。それだけ、特別な存在だということである。何よりも、このようなことがないことを祈りたい。

Q4

千円もらえる。もらうならどっち？

A　五円玉で二百枚

B　二つに破れた千円札

「千円あげる」と言われて、断る人はいないと思う。そのとき多くの人は、千円札でももらえるものだと思うだろう。しかし自分の予想とは反した相手の行動の場合、少し不満を抱く。もともとゼロの状態だったのに、もらえるとわかった瞬間、ゼロのラインが上がり、どうせもらうなら、と欲が出る。もしそこで「やっぱりあげない」と言われたら、別に現状は変わっていないのに、なんだよと不満を感じる。今回も、もらえるというのが前提なので、そこから出発すると少しがっかりする。

Aの五円玉で二百枚。はっきり言って邪魔である。五百円玉で二枚、百円玉で十枚程度なら、財布に入れてもさほど苦にならない。しかし二百枚となると、かなり大きながま口でも、いっぱいいっぱいである。

スーパーで買い物をするにも、一度に二百枚も受け付けてもらえるのか。もし不可能ならば、一日いくら、と決めて分割で使うか、銀行などで両替するかである。でも、五円玉である以上買い物がまったくできないわけじゃない。視点を変えれば使いやすいと言えるかもしれない。ただし、自動販売機じゃ使えないけど。

次に、Bの二つに破れた千円札。これは、現状では使用することができない場合もある。買い物に行き、会計のとき破れた千円札を出したら、取り扱ってもらえない、そんな事態が起こるかもしれない。そうなったら、銀行などで新しく替えてもらわなければならない。千円札ぐらいの大きさなら、いつでも財布に入れておいて、暇なときにちょっと銀行に寄って替えてもらうこともできる。今すぐ使うことはできないかもしれないが、いざとなったら取り替えて使うことができる。ある種の貯金箱みたいな感じである。使う予定はないけど、目的ができればいずれ使う。そう考えれば少しは楽に感じるかもしれない。

私は千円もらえるならAでもらう。Bでも、もらえるなら文句も言わず受け取るが、正直替えに行くのが面倒である。それに、使えるかどうかあやふやな、頼りないお金よりも、すぐさま使える五円玉のほうがいい。一度に二百枚使えなかったとしても、何日かに分けて使う。常に数枚財布に入れておけば、知らないうちに使いきっているだろう。

Q5

ズボンをはいていたら突然……。我慢できるのはどっち?

A　おしりが破けたズボン

B　ファスナーが壊れて締まらないズボン

普段生活していくうえで、ハプニングはつきものである。うまく回避できれば、それに越したことはないが、そうそういつもうまくはいかない。多少の応急処置はできても、完全に対処するには、それなりの準備が必要である。それまで堪えることができるのはどっちか。

平等にするため、Aを選んでズボンを縫う、というのはなしにする。両者とも修繕不可能で、かつ人込みの中を歩く、というのを条件にする。誰もいない山中でファスナーが壊れても、特に恥ずかしいことはないからである。

Aのおしりが破けたズボン。これはどの程度破けたのかによって、選択も変わってくると思う。ほんの小さな穴程度なら我慢できても、ビリビリに破けて、手でも隠せないような悲惨な状態だと、さすがに限界を超えている。一般的なイメージの範囲で、縦に十センチ弱、人が見たらすぐそのことに気づき、手で隠せる程度にしよう。

そうすると、手を後ろで組めば一応隠せることになる。しかし自分の目で確かめることができないため、本当に隠れているのかはわからない。また、前から歩いてくる人には気づかれにくいが、自分の後ろを歩いている人には見られ続ける可能性もある。それ以前に後ろを歩いている人が、自分のズボンに気づいているかも確認できない。前から歩いてくる人の視線がズボンに集中していたなら、実感もするし注意もするだろう。確認できる分、手を抜くことすらできる。逆に視線を感じなければ、後ろの人を見ることはできないので、家に帰るまで気を抜けない。

Aはそういったプレッシャーをどう克服するかが、問題である。

Bのファスナーが壊れて締まらないズボン。これは、壊れていなくても起こりうる可能性がある。締め忘れである。知らぬが仏、という言葉があるが、まさにそうである。開いていることすら知らなければ、人々がいくらその人のことを笑っていても、当の本人はまったく気づいていないのだから、幸せである。

さらに、人々はファスナーが壊れていることなんて知りもしないのだから、単に締め忘れているとしか思わない。その上、下手に手で隠そうとすれば、股間を押さえているみたいで余計変に思われる。だからといって、男は全然隠さなくてもいい、というわけにもいかない。公然わいせつ罪、なんてことにはならないと思うが、絶対にないとも言いきれない。

A、Bどちらも堪え難い状況だが、私としてはAのほうが堪えられない。よってBを選ぶ。

なぜAのほうが堪えられないかというと、ズボンが破れるときの原因にある。Bのファスナーは、ひっかかって壊れたり、強く上げ下げしすぎると壊れる、というのが一般的である。これは恥ずかしいことも特にない。しかし、おしりが破けるというのは、無理して小さいズボンをはいて、しゃがんだ拍子に破けるという光景が一般的なイメージではないだろうか。それが違うとしても、私はそう思ってしまう。私にとっておしりが破けるというのは、けつがデカくて、太っている人、というイメージである。もし自分がそうなったら、その事実にショックを受ける。そして背後を確認できないために、みんながズボンの穴に気づいているのか、それとも気づいていないのか、無言のプレッシャーに負けてしまうだろう。それならまだ、堂々とファスナーを開けて歩きたい。

Q6

帰る方向が同じで、一緒に帰るならどっち？

A　無口な、あまり好きじゃない人

B　うるさいほどよくしゃべる、嫌いなやつ

学校でも会社でも、集団の中で生活している以上、人との関わりを避けることはできない。地球上の人口がどのくらいかは知らないが、人は一人ひとり顔も違えば性格も好みも違う。よって、毎日顔を合わす同僚やクラスメートであっても、気の合う人合わない人、好きな人嫌いな人がいる。たとえ自分が嫌いだと思っている人でも、その人を否定することはできない。その人にも何かしら長所があって、誰かしら気の合う仲間がいるのだから。逆を言えば、自分だって誰かしらに嫌われているものである。さっきも述べたが、地球上

の人口は知らないが、多分すごく多いと思う。好き嫌いばっかり言っていたら、きりがない。とは言っても、好きなものは好きだし、嫌いなものは嫌いでしょうがない。好き嫌いをはっきりつけることも大事である。大事ではあるが、現代社会において本音と建て前、社交辞令はコミュニケーションに欠かすことができない。いくら嫌いな人でも、露骨にその意を表すことはできないのだ。

今回の場合、顔見知りで帰る方向が同じであったら、まったく無視、というわけにもいかない。しかも相手が一緒に帰る雰囲気を漂わせ近づいてきたら、一緒に帰らないわけにはいかない。

Aの無口な、あまり好きじゃない人。あまり好きじゃない、といっても個人差があると思う。私は友達が何人か集まっているときなら、特に意識せず接することができる。しかし一対一になったとき、会話もなく気まずい空気が流れ、気を遣ってしまう人をあまり好きじゃない人、と考える。嫌いじゃないけど一緒にいたくない。

食べ物で言うなら、食卓にあっても自ら手をつけることはなく、強制されれば食べるが、お金を出してまで食べたくはない物。この程度を参考に考えてもらおう。

そもそも、無口な、あまり好きじゃない人とは、無口なのだから、基本的に可もなく不可もないはずだ。だがそこに落とし穴がある。無口、つまり会話をしない。それなら一緒にいて何をするのか。一緒にいる必要がないのではないか。しかもあまり好きじゃないのだから、一緒にいて苦痛を感じる。悪い言い方だが、空気以下である。

Bのうるさいほどよくしゃべる、嫌いなやつ。はっきり言ってたちが悪い。こっちは敬遠しているのに、やたらと絡んでくるやつ。しかも話の内容は薄くて、何もおもしろくもない。そういうのに限って自分を過信しているから、他人のことも考えずよくしゃべる。嫌いになる原因の根本はそこにあると思う。また、嫌いなやつの話だと、おもしろい話もつまらなく感じてしまう。しかも話しかけられている以上、無視するわけにもいかない。これも苦痛である。

同じ苦痛なら、私はBを選ぶ。Aは正直、疲れる。無口のまま何をしゃべろうか考えたり、相手に気を遣うなら、相手の話をただ聞いているほうがいい。どんなことを話しかけられても、相づちを打っていれば、それで済むことである。もしかしたら幸運にも、おもしろい話が出てくるかもしれない。無口でいられては、何も出てきようがない。何もない静かな時間ほど、長く感じるものはない。

Q7

整形したら失敗してしまった。なるならどっち?

A にきび面

B 仏頂面

近年、美容整形が一般化しつつあるという。どのくらいの人が整形を体験したかは知らないが、少なくとも私の周りには、成功した人も失敗した人もいない。

整形がいいのか悪いのかは個人の判断によって違うと思う。しかし、どうせ整形するなら自分の理想に近づけたい。髪を切りに行って思ったのと違う、というわけにはいかない。失敗なんてもってのほかである。ミスも許されない。そんな世界でのA、Bの失敗は起こりえないかもしれない。技術的な面から見ても、A、Bは絶対になりようがないかもしれない。しかし、万が一失敗してしまったら「ありえない、ありえない」などと他人事のようなことも言っていられない。

にきび面の人には申しわけないが、自分から進んでにきび面になりたい人はいないと思う。私も成長過程でにきび面を経験したが、あまり嬉しいものではない。欠点や短所とまではいかないが、なくなってくれたほうがありがたかった。私は男だからまだしも、女性の中には鏡を見るたびに悩んでしまう人もいるのでは。正直、にきびがあったほうがすてき、という人はまずいないだろう。

にきび、逆から読むとビキニ。語感は似ているが、まるで違う。どっちかもらわないといけないとしたら、男の私でもビキニを選ぶ。もらっても使うことなく一生終わるビキニよりいらない。それがにきびの現状である。

次に仏頂面であるが、普段から仏頂面という人はいない。この世の中のすべてのものに不満を感じ、寝ているときでも不機嫌でいる人は別だが。しかし、怒ってもいないのに「怒ってるの?」、にらんでもいないのに「何にらんでんだよ!?」と思いもよらないことを言われた経験はないだろうか。人は顔の表情によってその人の感情を読みとる。それによって場の空気をつかみ、その場に適した行動をとろうとする。怒っている人にはあまりかかわらず、刺激を与えないようにする。落ち込んでいる人には慰めようとする。もちろん仏頂面にもそれに対する反応がある。仏頂面になった原因を知っている人は、今機嫌が悪いから近づかないでおこう、と考える。しかし、何も知らない人にとっては、何が不満なのかわからない。だけど機嫌が悪そうだからとりあえず近づかないでおこう、というわけである。毎日毎日、仏頂面をされたんでは、いずれ周りの人たちからの評判を下げていく。

人間の価値を決めるのは顔だけではない。しかし、やはり一番最初の情報となるのはその人の見た目である。人間の心の中など見ることができないのだから、話をしたことがない人を判断するには、容姿に頼ることになってしまう。そう考えると私はまだAのにきび面のほうを選ぶ。確かに顔自体の〝美〟は低下するかもしれないが、誤解され続けるよりいい。それに毎日仏頂面だと顔の表情に変化がなく、感情表現も貧相になってしまい、心も貧しくなりそうである。

Q8

死に方、どっち？

A　おぼれ死に

B　焼け死に

人間に限らず生きているものが最後に対峙するのが〝死〟である。死の瞬間、一体どうなるのかは体験した人しかわからない。つまり誰もわからないということである。

ときどき、テレビ番組で霊媒師やイタコが有名人の霊を呼び出していることがある。私はあれを信じていない。連中はいつも自分が困ってくると「苦しい」と言ってやめてしまう。どの番組を観ても大抵そうである。まあこの話はどうでもいいとして、私が言いたいのは、死ぬ瞬間は誰も知らない、ということである。しかし、死ぬまでは自分の意識がある。痛かったり苦しかったり。私としては楽に死にたい。そう考えるとA、Bどちらも楽はできなそうだ。

Aのおぼれ死に。考えただけでも苦しい。水に顔をつけて一分もすればもう限界である。頑張ってもあと十秒ぐらいなもんで、顔を上げてしまう。おぼれ死にとは顔を上げることができないのだから相当苦しい。

Bの焼け死にも、風呂の温度が高いだけでも湯につかっていられないのに、焼けるわけだから、楽ではない。

この二つに関しては、これ以上説明も何もいらないと思う。今までの経験上、両方苦しいのはわかっている。私の考える「楽に」とは相当遠いようだが、Bの焼け死にのほうがわずかながら近い気がする。

おぼれ死にするには最低限の時間がかかる。その間苦しまなければならない。逆に早く死にたいと思っても死ねない。焼け死にもそうなんだが、意識が早くなくなりそうな気がする。まったく根拠はないが、そう思うのである。

手を火傷したり、冷たいものを触ったり、強く打ったりして感覚がなくなった、という経験をしたことはあるだろうか。それを期待してBの焼け死に、を選んだ。おぼれ死にはどう考えても一本道にしか思えない。焼け死には幸か不幸か、早く意識がなくなったり、感覚がなくなったり、という期待が少なからず持てる。もしかしたらおぼれ死により長く苦しむかもしれないが、その中でも一番楽なのが当たったらいいな、と思う。

Q9

季節は秋、風呂に入るならどっち?

A すごくぬるい風呂

B 浅い熱めの風呂

秋という季節は夏のように暑くもなく、冬のように寒くもなく過ごしやすい。と、同時に気温の変化が激しく体調も崩しやすい。裸でいるなんてもってのほかである。しかし、一日の生活の中で、人は着替えと風呂のときはどうしても裸になる。その間体温は下がり、放っておくと風邪をひく。一般の人なら着替えに何時間もかかったり、冷たい風呂に入ったりしないので、着替えと風呂で風邪をひいたりはしないが、今回風呂が普通じゃなかったらどうするかで考えていただきたい。

例えば温泉である。旅館に行ってすごくぬるい温泉と、浅くて熱めの温泉しかなかったらどっちに入るか？　たとえそんな状況であっても、せっかく来たのだから温泉には入りたいものである。

Aのすごくぬるい風呂。経験で〝ぬるい〟とはどの程度なのか、おおよその予想はつく。決して冷たくはないのだが、満足するほど温かくもない。湯船につかっているぶんには寒くは感じないが、体がなかなか温まらず、風呂から上がったとき何となく寒く感じる。秋だからその程度で済むかもしれないが、真冬だったら結構つらいものがある。でもまあ、ゆっくり時間をかけて体を温めれば、風呂から上がってもすぐ体が寒く感じることもない。いくら〝ぬるい〟といっても水じゃないんだから、肩までつかって二時間も入っていればいやでも温まる。それに心臓にも優しく、バカみたいに熱い風呂なんかよりずっと健康的である。

一方、Bの浅い熱めの風呂。これは腰ぐらいの深さにしよう。あとは風呂にどう入ろうと自由である。上半身を湯につけるため仰向けになろうが、体育座りでいようが自由である。ただし風呂の大きさは、一般家庭ほどの大きさに制限させてもらう。そうなると、いくら体の小さな女性でも体全部が湯につかるのは無理である。仰向けの体勢では足が外に出て、首がこるほどに曲がり、それでもお腹が湯につかるのが精一杯である。肩までつかろうとしたら、浴槽に体を沿わせて腰を浮かせ、首の角度をもっときつくしないとだめである。私の説明でどういう体勢なのか、いまいちイメージが湧かない人は一度試してみるとおわかりいただけると思う。

つまり体の部分部分しか湯につかることができない、ということである。しかも無理な体勢で我慢するという努力が必要である。だからその分温度が高いのである。

ある種の〝あめとむち〟みたいなものである。つかっている部分は十分過ぎるほど暑いというあめを与え、湯につかれない部分は寒い、というむちが待っている。それを上手に使いこなせば結構温まるものである。一度芯まで温まれば、すぐには冷えてこない。

私だったら後者の浅い熱めの風呂、つまりBに入る。

個人的な理由だが、私は熱い風呂が好きなのである。たとえ浅かろうとぬるい風呂に入るより熱い風呂である。ぬるい風呂は長時間入っても体が温まった気がしない。それに風呂上がりは逆に体が寒く感じる。私としては少しのぼせるぐらいがちょうどいい。

夏なら裸でいても暑いぐらいだからぬるくてもいいが、少し肌寒くなる秋や、寒さで身も震える冬、まだ寒さの残る春にはぬるい風呂では物足りない。

私は肩、足、腹は納得のいくまで温めたいのである。たとえほかをおろそかにしても、だ。ぬるい風呂では私が満足するほど温められないので、浅くても熱い風呂である。

Q10

旅行の帰りの新幹線で、乗るならどっち？

A　早く着くけど混んでて座れない新幹線

B　一時間ホームで待ってでも座れる新幹線

嬉しい休暇に楽しい旅行、そのあとに待っているのが仕事や学校。それを考えると、最終日は気分が重くなる。

旅行も出発のときはワクワク心が躍り、目的地に着いたら旅行を満喫する。しかし帰りの準備を始めるころから何となく疲れがやってくる。帰りの車中では寝たりしながら、誰でも早く家に帰りたい、と思うものである。「修学旅行は家に着くまでが修学旅行です」という校長先生の言葉を聞いた経験のある人も多いと思う。今やこの言葉が修学旅行の代名詞となっているように、実際旅行帰りというのは疲れていて気が緩みやすいものである。

旅行を満喫しているときには、もっと長くここにいたい、と思うかもしれないが、電車に乗って今まさに家に帰ろうとしているときには、早く家に帰って、ゆっくり休むことを考える。

そこでこの質問だが、ひとくちに新幹線と言っても乗車時間に幅がある。今回、一時間半から二時間ぐらいを目安にしよう。

Aはとりあえず家に早く着く。早く帰ればその分自由な時間が増える。Aのメリットといったらそれのみじゃないだろうか。

映画を立って観る二時間と、ただ立ってるだけの二時間では後者のほうが長く感じる。しかも旅行帰りの疲れている体に、さらに新幹線で二時間立つというのはかなりこたえる。座れるものなら座りたいが、そこは早く家に帰るためには乗り越えなければならない壁である。

その点Bはゆっくりシートに座れるので、寝ていようが起きていようが自由である。しかし、その幸福を手に入れるにも、払う代償は大きい。確実に座るために、ホームで一時間も待たなければならない。一時間待つ、というのは正確には遅らせることである。一時間に一本しか通らないのなら、最悪Aも一時間近く待つことになる。つまりこの場のBは、Aが出発してから一時間ということである。

例えば十二時に駅のホームに着き、十三時にAの新幹線が出発したら、Bが出発するのは十四時になる。つまり実質二時間ホームにいることになる。

これはわかりやすくするために私が考えた極端な例で、実際こんなに待つことはない。これだとBの内容が大幅に変わってしまう。私が考える範囲では、せいぜい一時間十分とか十五分くらいである。

A、Bそれぞれつらい状況にあり、解決するには前もって指定席を取っておくことだろう。けれどもこんなことをあとになってから言ってもしょうがない。どちらか選ぶとするなら私はBである。

一時間ホームで待つのはつらいが、ホームならしゃがむこともできるし、どんな駅でも新幹線が通るなら売店ぐらいあるだろう。そういった面でAより少しは自由が利く。座れないぐらい混んでいるなら、ほかにも立っている人がいるはずで、身動きが取れないまま二時間も新幹線に揺られるのはしんどい。ただでさえ旅行帰りで疲れているのに。Bは最悪でも一時間我慢すればいいのだから、数字で考えても二時間立つのと一時間立つのなら少ないほうが楽である。

家に早く着いたほうが楽だ。だからAのほうがいい。そういう意見があるかもしれない。それも確かに一理あるが、多分私は早く家に着いたところで、どうせその日一日何もしないだろう。だから一時間ぐらい遅く着いても、昼寝の時間が分割になるだけで平気なのである。

Q11

自分に欠点が一つあるとしたら、許せるのはどっち？

A　口が臭い

B　脇が臭い

人間誰でも欠点の一つや二つや三つぐらいあるものである。それが意識して直せるものなら救いようもあるが、大概は直せないもので、だから欠点になっているのである。しかしまあ、他人に迷惑がかからない欠点なら、いくつあってもそれは個人の自由である。

今回はA、B共に体臭である。「体臭は悪臭で他人に迷惑がかかるじゃねーか」と突っ込まれると困るが、そこは生理現象の一つとして大目に見てもらいたい。

大目に見てもらっても、体臭というのは不潔そうなイメージがある。どんなにやむをえない事情があるとしても、周りの人はただ臭いか臭くないかで判断する。

仮に気の短いことが欠点だとしよう。「○○君は気が短くて怒りっぽい、でもおもしろくてみんなを楽しませてくれる」というコメントはありえるが、口が臭い場合「○○君は口が臭い、でもまじめで協調性があって社交的だ」、誰もこんな比較の仕方はしないだろう。だからといって「○○君は口が臭い、でもおならは臭くない」、こんなコメントもない。それぐらい体臭というものは孤立している。

Aの口が臭い。口を閉じていれば、においは外に漏れない。人込みの中でも口を閉じている限りは、周りの人に気づかれることはまずないだろう。しかし一生口を閉じて生きていくことはできない。口を開くときは食べるとき、話すとき、歯を磨くとき、と多々あるが、特に人と話すときが一番気になる。

家族や本当に仲のいい親友なら、笑い話で済むかもしれないが、会社の同僚やクラスメートなど、ちょっと気になる異性が相手だと、においのことをどう思われているのか気になる。周りの人は気を遣って「口が臭い」とも言わず、知らないふりをしてその場は流す。

が、腹ん中じゃ何を考えているかわかったもんじゃない。

Ｂの脇が臭い。これは自分の意志とは関係なく、無条件に不特定多数の人の関心をひきつけることになる。いくら目立ちたがりの人でも、こんな注目のされ方はいやだろう。

Ａ、Ｂどちらも体臭であるが、私はＢの脇が臭いほうがいい。

常に発する体臭だが、いくらかカモフラージュすることができる。

脇が臭くても、冬なんかは厚着をするので夏よりかはにおいを隠せる。夏も今は便利な世の中になったので、スプレーでごまかせる。スプレーでも消えない強力なにおいなら、香水を使ったり、もっと強力なら服ごと香りをつければいい。

口が臭いのもガムやスプレーで消せるかもしれないが、時間がたてば効果がなくなる。その点、服ごと香りをつけるのは、効き目が長持ちする。どんなに体を洗っても汗臭いＴシャツを着たら、その人が臭いと思われる。その逆の考え方である。

Q12

無人島に持っていくならどっち？

A　耳かき

B　爪切り

〝無人島〟、字のとおり人がいない島。そこには、電気もなければ水道もガスもない。コンビニだってない。つまり何もかも自給自足の世界である。

あらかじめ必要なものを準備できればいいが、何も告げられずに連れてこられたり、漂流した末、無人島に漂着した場合では、何も手もとになくてもしょうがない。そんな何もない状態で、どうやって生きていけばいいのか。寝床の確保、水、食糧の調達、そのほかやらなくてはいけないことは山ほどある。あれがほしい、これがほしい。あれがあったらいいのに、と生きるためには必要な物だらけである。しかし、そんな物が不足している状況で、あってもなくても命にはまったく関係ない、でも一応あったほうがいいと思う物が存在する。その一例が今回のAとBである。

Aの耳かき。人間の手が届かないところに届く、という素晴らしい道具である。同じジャンルに属する、孫の手の上をいくと私は思う。

各家庭に一つ以上はあるであろう、その驚異的な普及率と、時代を超えても売れ続ける安定感には脱帽である。そしてその働きっぷりときたら誰もまねできるものはいない。もし耳かきが発明されなかったら、人間は一生耳の掃除をすることができなかっただろう。

無人島でも同じである。代用品となりうるものがないのだから、耳かきがなければ絶対耳の掃除ができないのである。あまり耳かきをしない人でも、持っていて損はないと思う。と少々大げさに言ったが、耳あかぐらい取らなくても死ぬことはないし、取らないからって耳が聞こえなくなったりもしないだろう。

Bの爪切り。これも耳かき同様、普及率、安定感は抜群である。しかも爪は伸ばしっぱなし、というわけにもいかない。ほどよく切っておかないと、生活面でも安全面でも支障をきたす。つまり無人島生活であっても必需品なのである。しかし、必需品であることには違いないが、要は爪を切ることができればいいのである。何が何でも爪切りじゃないといけないということはない。爪切りなどまったく使わず、爪をかんで切る人もいるぐらいだから。うまく切れるかどうかはその人の技術次第である。

両者とも生きるか死ぬかの瀬戸際では必要とされない物である。必要とされないにもかかわらず、あると便利なのも事実。私にとってはAの耳かきのほうがより便利である。便利を超えてかけがえのないものである。

爪切りも爪を切る専門の道具だけあって、その右に出るものはいない。世界一の実力を持っている。その実力は認めるが、私としては世界二位でも切れればいいのである。その点、耳かきは右に出るものどころか、左も前も後ろも上も下も同じ土俵に立つだけの実力を持ったものがいない。

しかも私は極度な耳かき依存症で、暇さえあれば耳かきをしている。だから最初からこんなに長く論ずるまでもなく、耳かきを選んでいるのである。

Q13

自分の親でもいいと思うのはどっち？

A　食事を作らない親

B　掃除、洗濯をしない親

親になった以上、子を育てるのは親の義務である。その義務を著しく怠ると、子供がかわいそうである。

親は子供を選べないが、子供も親を選ぶことはできない。でも親は自分の意志で子をつくり、産んでいるのだから責任を持って育てるべきである。何も自分の子供を総理大臣やスポーツ選手や有名人に育てろ、と言っているわけじゃない。普通でいいのだ。

世の中にはそれぞれ家庭の事情があって、食事の支度も掃除もできない親がいると思う。

両親が共働きで、家事は子供が行う家庭もあるだろう。そのような家庭は今回対象としていない。あくまで親のなまけによる確信犯を対象とする。だからその家庭の教育方針で、子供に手伝わせるのも対象外である。

Aの食事を作らない親。これは、きれい好きで掃除、洗濯すべて毎日行い、仕事もまじめで近所付き合いもいい。そこまで完璧にこなさないが、人並み程度に家事をする。しかし料理は一切しない。

コンビニで買ってきた弁当を温める。カップラーメンにお湯を注ぐ。スーパーの惣菜を皿に盛る。一応食事の準備はしているが、作っているとは言いがたい。独り暮らしの大学生みたいな食生活では、体にもよくない。それに飽きる。

中学生になり、部活で疲れ、遅く帰ってきたら夕食がカップラーメンでは、あまりにも不憫である。

一方Bの掃除、洗濯をしない親。例えば料理上手、仕事もまじめで近所付き合いもいい。しかし掃除、洗濯を一切しない。掃除、洗濯にはこの際、部屋の片づけも入れてしまおう。

郵便はがき

恐縮ですが
切手を貼っ
てお出しく
ださい

160-0022

東京都新宿区
新宿1－10－1
(株) 文芸社
ご愛読者カード係行

書名				
お買上 書店名	都道 府県　　市区 郡　　書店			
ふりがな お名前		大正 昭和 平成　年生　歳		
ふりがな ご住所	□□□-□□□□		性別 男・女	
お電話 番号	(書籍ご注文の際に必要です)	ご職業		

お買い求めの動機
1. 書店店頭で見て　2. 小社の目録を見て　3. 人にすすめられて
4. 新聞広告、雑誌記事、書評を見て(新聞、雑誌名　　　　)

上の質問に1.と答えられた方の直接的な動機
1. タイトル　2. 著者　3. 目次　4. カバーデザイン　5. 帯　6. その他(　　　)

ご購読新聞　　新聞	ご購読雑誌

文芸社の本をお買い求めいただき誠にありがとうございます。
この愛読者カードは今後の小社出版の企画およびイベント等の資料として役立たせていただきます。

本書についてのご意見、ご感想をお聞かせください。 ① 内容について
② カバー、タイトルについて
今後、とりあげてほしいテーマを掲げてください。
最近読んでおもしろかった本と、その理由をお聞かせください。
ご自分の研究成果やお考えを出版してみたいというお気持ちはありますか。 ある　　ない　　内容・テーマ（　　　　　　　　）
「ある」場合、小社から出版のご案内を希望されますか。 する　　しない

ご協力ありがとうございました。

〈ブックサービスのご案内〉

小社書籍の直接販売を料金着払いの宅急便サービスにて承っております。ご購入希望がございましたら下の欄に書名と冊数をお書きの上ご返送ください。（送料１回210円）

ご注文書名	冊数	ご注文書名	冊数
	冊		冊
	冊		冊

最近、片づけられない人が多く、テレビでもその実態が放送されているが、足の踏み場もないくらい散らかっている。Bの親も放っておけば本当にそれぐらい汚くなってしまうので、子供がそれを片づける。汚い部屋でもいいなら片づける必要もないが、洗濯はそうもいかない。毎日新しい服を買い替えるほど裕福なら洗濯なんて無用かもしれないが、一般家庭では現実味のない話である。

子供が成人して、親元で暮らしているなら、家事を分担してもいいだろう。いや、むしろ分担するべきだ。しかし子供がまだ小、中学生だとしたらA、Bどちらの親も、親らしからぬ行為である。忙しくて大変なのかもしれないが、子供が自立するまでは頑張ってもらいたい。

私が小、中学生だったときの気持ちを思い出すと、最低限、食事は作ってもらいたい。よってどちらかを選ぶとするならば、Bの掃除、洗濯をしない親のほうがいい。

朝起きて当たり前のように出てくる朝食の素晴らしいこと。朝食が素晴らしいのではなく、出てくることが素晴らしいのである。それを考えれば掃除、洗濯なんてちょろいもんである。

私は今、独り暮らしをしているが、やはり一番大変なのは食事である。変化のない献立に、バランスの悪い食生活。

私の友人の中には、朝食が柿ピーで昼食がポテトチップという者もいる。私はそこまでひどくはないが、あまり自慢もできない。

独り暮らしを始めてから、毎年七月と十二月に私の目が痛くなるのもそのせいだろう。

Q14

独り暮らしで部屋を借りるならどっち?

A　隣の住人がうるさい部屋

B　幽霊のよく出るらしい部屋

持ち家にしろ借家にしろ、自分の住居に変わりはない。自分だけの部屋なんだから、家具も自由に並べたいし、テレビも自由に観たいし、好きなようにやらせてほしい。借家は多少の制約はあるにしても、隣人の迷惑となる行為はするな、とか自治体の決め事には従う、とか当たり前のことだけである。

一番落ち着く場所は自分の部屋である。そんな空間を他人によって侵害されたら頭にくるのは当然だ。一日、二日なら我慢のしようもあるが、それが毎日続くとなると堪えられない。

金を払って部屋を借りるのだから、自分の理想とする物件に住みたいと誰もが思う。しかし誰もがそう思うのだから、いい物件はすぐなくなってしまう。それでも、またいい物件が出てくるまで待っていられればいいが、そんな長期間にわたって部屋を探すことはできない。そもそも引っ越したくなったから部屋を探すのであって、一年も二年もの長い間部屋を探す人はいない。ある程度の妥協は仕方がない。

四月、新生活がスタートする。仕事、学校などで引っ越しする人も多いだろう。いい部屋が全然見つからないからといっても、社会は待ってはくれない。どうしても会社、学校が始まる前に引っ越しておかなくては。そこで今回の二つの部屋しかなかったらどうするかという選択だ。我慢してどっちかに住むしかない。

まずAの隣の住人がうるさい部屋。たかだか壁一枚で仕切られている程度なのだから、ドラムでもたたかれれば音が聞こえるのはしょうがない。楽器演奏を禁止するのはそのためである。にもかかわらず楽器を演奏する人や、夜中に大声で宴会を開く人がいるのである。夜中に騒がれると、その音で隣人は眠れない。私も何度と苦情を言いに行った。苦情を言って素直に聞いてくれればいいが、そんな人は最初からうるさくしない。また二、三日もすれば騒ぎ出す。もっと困るのは苦情すら言いがたい人である。苦情を言いに行ったら逆ギレされたり、逆恨みされたりしたらたまったもんじゃない。

次にBの幽霊がよく出るらしい部屋。幽霊や心霊現象は見える人はよく見えるし、見えない人はまったく見えない。よく出るらしいと断定していないのも、全員が決まって見えるわけではないからである。

私は一度も見たことがないから、その恐怖や苦しみなどはわからない。しかし、頻繁に出てこられては恐怖心が抜けない。しかもいつ出るのか、ひょっとしたら出ないのか、そんなことを考えていると気を緩められない。

お化け屋敷もいつ出るかわからないから怖いのであって、どこに何がいるのかわかればそんなに怖くはない。

もしこんな部屋に住んだらすぐにでも引っ越したいが、新しい部屋がなければ住み続けるしかない。私ならこの二つの部屋で、我慢できるほうを選ぶ。私の場合はAの隣の住人がうるさい部屋である。

Aは相手が人間なのでまったく対処できないことはない。それに比べBはどうしようもない。管理人に言っても何もしてくれないし、本人に言っても言葉が通じるのだろうか？私は今まで一度も幽霊を見たことがないし、霊感もきっと弱いだろう。Bの部屋に住んでも幽霊を見ることなく快適に過ごせるかもしれない。しかし万が一幽霊を見たら……。これが私の人生において幽霊を見るスタートラインになってしまったとしたら……。そんなこと考えたくもない。

小学生だったころ、キャンプで肝試しをやったことがある。夜の山道を一周するという簡単なものだった。おどかし役が数人いて、そのうち一人が木の陰に隠れているのを私は見つけた。そのお粗末な隠れ方は誰がとおってもすぐ見つけられただろう。「わっ！」と言っておどかすんだろうと思っていたら、案の定「わっ！」と言って出てきた。が、あまりにもその声がデカくて私はビクッと肩をひきつらせてしまった。その後は心臓バクバク、汗はだらだらで、心地よい眠りにつくのに時間がかかった。大声を出されたぐらいでびくついてしまうほど、私はビビり性なのである。もし本物を見たら、毎晩うなされることだろう。

Q15

どこかの国の国王がペットをくれると言った。家で飼うならどっち？

A　ゾウ

B　キリン

どこの国かはわからないが、国王から贈り物をされたら断るわけにはいかない。日本との友好関係がどうのこうのなどと考える前に、断れない雰囲気がもうすでにできあがっている。しかもゾウとキリンといったら、多分高価なものだと思う。その国にとってはかなりの贈り物に違いない。ゆえに、どちらか選ぶのは義務である。

ペットを飼うというのは命を扱うことであり、それには責任を必要とする。犬や猫はもちろん、金魚だって鈴虫だってその命は尊い。育てるうえで、最善の注意を払わなければならない。

しかし、今回はゾウとキリンである。動物園や○○ゴロウ王国じゃあるまいし、どうやって飼ったらいいのか？　第一、そんな飼育スペースが一般家庭にあるわけがない。

Aのゾウ。一日どれぐらいの量のえさが必要なのか、排便の始末は……。さっぱり見当もつかない。散歩はしなくてもよさそうだ。体は頑丈そうだから怪我はしないだろう。でもどうやってつないでおいたらいいのか？　逃げ出して街に行ったら大騒ぎである。そのままサーカスにでも就職してくれれば好都合なのだが。とにかく、何から何まで不明なことだらけである。ただ大変だということだけはわかる。

Bのキリン。これもゾウ同様、不明なことだらけである。ゾウと比べるとデリケートそうだ。足は長くて細く、首も弱そうだ。

キリンは頭頂まで五～六メートルもある。凧じゃあるまいし、電線なんかにひっかかったりはしないと思うが、ここまで高いと日常生活も大変である。まず日本サイズの家では玄関の扉に頭をぶつけてしまう。地下鉄も乗れないし、移動するにもただのトラックでは高さが足りない。寝るときはどうするのだろう？　まさか立って寝るのか？　横になって寝るなら首が入るぐらいの敷地面積も必要だ。

ゾウ、キリンどちらも広い土地が必要なのは変わらない。以前から本気でゾウもしくはキリンを飼おうと考えていた人は好みで選ぶだろうが、そうでない人は大変な思いをしてまで飼いたいとは思わない。飼いやすいほうを選ぶ。専門家じゃないからどっちが飼いやすいのかわからないが、私はBのキリンを選ぶ。

ゾウは暴れ出したら手が付けられない。飼い主として、ペットをコントロールできないのはまずい。他人に危害を加えでもしたら大変である。

昔ある国では、ゾウは戦争の道具として使われていたこともある。それぐらい攻撃力は半端じゃない。その点キリンなら、人様の家の木の葉っぱを食べるぐらいで、ゾウほど危険じゃないように思われる。

Q16

人質として二十四時間監禁されるならどっち？

A　紙のないトイレ

B　水の出ない台所

監禁は人から自由を奪い、さらに閉じ込めるという卑劣な行為である。人としてあるまじき行為である。しかし世の中には、人の感情などまったく考えず罪を犯す者が存在する。それが現実である。

二十四時間というと一日であるが、人間が一日に行う行動は多種多様である。そんな中、食事、排泄、睡眠は誰でも共通に必要な行為であろう。しかし、人質として監禁される今、この三つの自由も奪われようとしている。

Ａの紙のないトイレ。トイレに監禁されるということは、少なくとも排泄の自由はある。睡眠も自由である。ただ食事だけは食べる物がなければ行えない。しかもトイレに監禁されるというのも何とも味気がない。テレビや本があれば少しは時間つぶしにもなるが、トイレでは水を流すことぐらいしか遊びようがない。紙もないから大きいほうは事実上できない。

Ｂの水の出ない台所。これは睡眠は共通で、あとは少し違い、自由になる可能性がある。まず食事。台所ということは食べ物が置いてある可能性が一番高い場所である。実際にあるかどうかは別として、少なくともトイレよりは期待できる。

次に排泄。どんな家でも料理を作ることを前提にしてあれば流しがある。非常識ではあるが、緊急時は仕方がないと思ってそこですることができる。ただ水が出ないから、においやその物質は放置されたままである。

Ａ、Ｂを総合して考えると、監禁状態であってもどちらが快適に過ごせるのか。私はＡの紙のないトイレである。

確かにＢは、食事も排泄も睡眠もそこそこできるかもしれない。しかし、においや物質が残っていると後半つらくなってくる。いくら我慢強い人でも、丸一日は無理だろう。それに私は性格上、台所で排泄はできない。それだったら一日飲まず食わずでトイレにこもっているほうがいい。一日何も口にしなくても死ぬことはないし、大便だって我慢できる。

Q17

ハゲてしまい、バレたくないから何とか対処したい。医者に行ったらサンプルを見せられた。どっち？

A　バレバレのかつら

B　不自然な植毛

年とともに衰えていく人間の体。若かったころはしわもなく肌もツルツル。あの瑞々しさは今どこへ……。筋肉痛もいつのまにか消えてしまった元気な体。今では腰痛と四十肩で筋力が衰えてしまった。髪もふさふさあったのに、今じゃすかすか、数える程度。でも仕方ない。そんなことにくよくよしてたら、毎日落ち込まなくてはならない。

時間と逃げた女房は戻ってこない。次やるべきことを考えよう。

今回のようにハゲてしまったらやるべきことは二つだけ。そのままハゲるか、むだに抵抗するか。私としてはそのままハゲたいが、周りの反応が気になる人もいるだろう。

近年、ヘアドクターの技術も進歩し、地毛との見分けも付きにくくなっている。

Aのバレバレのかつら。よくバラエティー番組でかつらを使っているが、あんな感じと思っていただきたい。ただかぶるだけなので、髪の手入れは簡単そうである。その代わり頭が蒸れてもっとハゲが悪化しそうである。

Bの不自然な植毛。これはちょっと説明しにくいのだが、毛の根元が薄くてあとはふさふさだったり、地毛が天然パーマで植毛した毛がストレートであったりと、いくつかのケースがある。でも見てすぐそれとわかる程度の技術である。髪の手入れは大変そうだが、かつらと違って落ちたりずれたりはしない。一応地毛に植えてあり、ちょっとやそっとじゃ取れないので「地毛だ」と言いとおせば周りは納得するしかない。その点でかつらより少しバレにくいかもしれない。

しかしA、Bどちらも周りが気づかないわけがない。どうせ気づかれるなら、私はAのバレバレのかつらを選ぶ。帽子みたいに出かけるときスッとかぶれるし、人が急に現れてもサッとかぶればいい。

植毛は定期的に植え直しに行かなければならない。その分しっかりしているのかもしれないが、どうせみんな気づいているなら楽できるほうがいい。

Q18

三日後健康診断で、それまでに体重を減らすならどっち?

A　二日間絶食

B　一〇〇キロメートルマラソン

体重なんて飯を食えば増えるし運動すれば減る。しかし健康診断は記録として残る。その記録を少しでもよくしようと人々は頑張る。どちらかといえば、男性よりも女性のほうが体重を気にしているのではないだろうか。

ただのダイエットなら計画的にゆっくりできるが、今回タイムリミットが三日後に迫っている。どうしてそんな切羽詰まるまで放っておくのか。

Aの二日間絶食。なんとわかりやすいダイエット方法なのだろう。食べるから太る。だから食べない。それだけのことである。ボクサーの減量と同じである。

専門家によると、一日三食しっかり食べないとかえって太るらしい。しかし何も栄養を取らなければ太りようがない。健康診断後にぶくぶく太るかもしれないが、一年後の健康診断までにやせればいい。そう思っている人が毎年三日前に焦るのである。

とても簡単な方法ではあるが、意志が強くなければいけない。二日間。言葉にすればあっという間だが、やっている本人にとっては非常に長い。夕食前の時間にちょっとおやつを食べる人が、果たしてできるのであろうか。

Bの一〇〇キロメートルマラソン。体の中のエネルギーを外に出せばやせる。つまり貯金と同じである。収入に対して支出のほうが多ければ残金がゼロになる。

こちらもいたって簡単なダイエット方法だが、こちらは体力の差によってできる人とできない人が出てくる。

一〇〇キロメートルなんて、フルマラソンの二倍以上の数字である。体力に自信がある人でもきついだろう。それにいくら完走したからといって普段以上に食べ過ぎたら、まったく意味がない。多少の間食はいいかもしれないが、それ以上に食べるのはだめである。

A、Bどちらも簡単な方法だが、体への負担は大きい。負担が大きいので堪えられるかどうかが一番の問題になってくる。私ならBの一〇〇キロメートルマラソンのほうが堪えられる。

体を動かすことは昔から好きだったので、運動はあまり苦にならない。それよりも目の前の好物が食べられないほうがよっぽどつらい。気が変になってしまう。

一〇〇キロメートルなんて距離は、乗り物以外走ったことがない。想像を絶する。しかし自分の頑張った分ゴールに近づくなら、やりがいもある。ただ時間が過ぎるのを待つだけでは、やる気がダウンする。やる気がなければ、こんなバカらしいことやってられない。

Q19

病気になるならどっち？

A　シラミ

B　ギョウチュウ

下は風邪から上は死に至る病気まで、地球上にはさまざまな病気がはびこっている。人間はその都度、病気を治す薬や治療法を発明してきた。

日本という国は平和で恵まれている。お金を払えばその薬や治療を受けられるのだから。ましてて栄養ドリンクまで市販されている。そんな恵まれた現代日本であっても、日々難病と闘い、原因不明の病気で命を落とす方々もいらっしゃる。世界的な視野で見ればその数は計り知れない。そんな方々を前に、今回の質問は非常に恐縮である。そして、シラミやギョウチュウで頭を抱えている人がいるのも事実であるが、あえてこの質問をさせていただく。

Aのシラミ。これは各種の哺乳動物の皮膚に寄生し、吸血する昆虫のことをいう。人間だと頭に寄生する。私は寄生されたことがないから、どんな症状になるかわからない。知っている限りでは頭に卵を生み付けて洗っても取れないらしい。人にもうつるし、放っておくとどうなるかわからないが、体によくはないだろう。

そもそも、シラミはどうして発生するのか。単純な話で、不潔にしていればいずれ湧いて出る。戦争中は多くの人がシラミを持っていたという。しかも卵は肉眼でも発見できるため「私は不潔です」と言っているようなものである。

Bのギョウチュウ。子供のころ、お尻にシールを貼る検査をやったことがあるのではないだろうか。

ギョウチュウとは、夜になると肛門から出てきてその付近に卵を産む。ギョウチュウ自体は盲腸や大腸やその付近に寄生して、体長はオスで二〜五ミリ、メスで八〜一三ミリくらいになるという。

これも、私は寄生されたことがないので、これ以上のことは知らない。ただ腸に棲みつくので、体に吸収されるはずの栄養を奪い取られるらしい。外からは全然わからず、発見もされにくい。

私の中では、シラミ、ギョウチュウ、水虫、インキンタムシは人に言うのも恥ずかしい病気である。

仮に私がこのどれか一つでもなったら、人には言わずこっそり病院へ行く。恥ずかしい順に落としていけば、シラミかギョウチュウのどっちかを選ぶことができるのだが、ギョウチュウは体の中に寄生し、腸に棲みつき肛門に卵を産むというなんとも気持ち悪い生物である。シラミならまだ皮膚で止まるが、体の中に入ってこられると、恥ずかしいうんぬんより体のことが心配になる。よってAのシラミのほうがいい。

Q20

絶対二十人分の花見の場所取りをしないといけないとき、使う方法はどっち？

A　お金を払ってプロに依頼する

B　二日前から泊まり込む

春は花見の季節。夜の宴会はインドアじゃなくアウトドアで決まり。夜桜を見ながら酒を楽しむ、なんて誰も思っていないだろう。〝花見〟というのも口実で、ただ酒を飲んで大勢で騒ぎたいだけである。

花見会場は誰でも自由に使える分、その占有権は早い者勝ちである。そこで、我先にと場所取りが争われる。そこはまさに戦場である。その戦場に送り込まれるのが新入社員。どんな手を使ってでも失敗は許されないのである。

Aのお金を払ってプロに依頼する。そんな失敗の許されない状況においては、それを助ける人間も存在する。成功率はどれぐらいかわからないが、極めて一〇〇パーセントに近いはずだ。大船に乗ったつもりで任せられる。それに対する報酬がどのくらいかもわからないが、結構いい値段はすると思う。それぐらい楽じゃないということである。上司の命令だか知らないが、そんな大変な仕事を無償でやらされたくない。お金はかかるが人にやってもらえば楽である。

Bの二日前から泊まり込む。これはチケットを求めて発売前日から泊まり込むのと同じである。さっきも述べたが、占有権は早い者勝ちなのである。たとえプロでも、この方法以外で場所取りを成功させるのは無理だろう。プロに頼むことを自分でやってしまう、というわけである。

しかし、二日間ただ場所を取り続けるのもつらい話である。もちろん泊まり込む場所は外だし、風が吹いたり、雨が降ればそれをしのぐすべはない。お金をうかせるために、そこまで我慢できるのだろうか。

この質問で重要になってくるのは時間とお金である。ただきつい思いをして二日間も泊まり込むぐらいなら、お金を出して人に頼み、その二日間を自由に有意義に使うほうを取るか。あるいは、自分でできることをわざわざお金を出して人にやってもらうなんてもったいない、そんなお金があったらもっとほかのことに使う、というほうを取るか。どっちかである。私はお金を余らせるほどの富豪じゃないので、お金を選ぶ。よってBの二日前から泊まり込む。

私はもともとケチで貧乏性なのである。割り勘にしても、自分が損しないように計算してしまう。お金になるとシビアになってしまう。

今回は二日間その場所にいればいいだけのことで、自分でできることなのだからお金なんて払う必要はない。それに大事なことなので、人に任せるのは万が一のときのことを考えると心配になる。

Q21

恥ずかしいのはどっち？

A　一人で歩いているとき、何もないのに大ゴケする

B　前から歩いてくる人が「やあ」と言って手をあげたから自分も手をあげたら後ろの人に向けてだった

人から注目されたり格好悪い姿をさらしたとき、多くの人は恥ずかしくなる。しかし、全然そんなことへっちゃらで、まったく恥ずかしがらない心臓の強い人もいる。年を取っていくとそうなる人が多いように思う。

ちょっとのことで恥ずかしがって何もできないような人より、少々あつかましいぐらいのほうがいいのかもしれない。が、人並みの羞恥心は持っていたい。

子供のころ、温泉に行って風呂に入ろうとしたら、五、六人のおばさん連中が男風呂に

入っていたことがあった。慌てて表の札を確かめたがやっぱり男風呂だった。困惑している私に気づいた一人のおばさんが「女風呂混んでたからこっち借りちゃった。もうすぐ上がるから。もしあれだったら一緒に入る?」と言ってきた。子供ながらに一緒に入りたくもなかった。その次に思ったことは、もし自分の母親もこうなったら失望する、ということである。

Aの場合、スキー場やスケート場でコケてもあまり恥ずかしくない。なぜならコケているのは自分だけじゃないからである。また、友達と歩いているときなら笑ってごまかせ、話のネタにもなるし、言いわけもできる。しかし一人だと笑うのも変だし、いきなり言いわけをしだしても変である。だからといって何もなかったかのように立ち上がり、堂々と歩くのも、とっさの出来事で果たしてできるだろうか。

私も注意力が足りないのか、よく階段でつまずく。そのとき、なんて自分はダサイ男なんだ、と思う。歩き始めた子供と変わらないじゃないか。恥ずかしいのと一緒に情けなさも湧いてくる。

Bのほうは Aよりも経験者が少ないのではないだろうか。私も数年前まで未経験者だった。それが思いもよらぬところで突然やってきてしまった。

私の場合は、高校二年の春、一人で家に帰ろうと歩いているときだった。少し離れた前方にクラスメートaが歩いていた。aはほかのクラスの二人と一緒に話しながら私の前を歩いていた。まだクラス替えをしたばかりで、aとは一緒に帰るほど親しくない。すると、aが後ろを振り返り「オーイ」と言いながら私に手を振ってきた。私も手をあげ振り返しながら、なんだ俺と一緒に帰りたいのか、しょうがない行ってやるかな、と思い少し小走りになった。次の瞬間、私の後ろから自転車に乗ったbがベルを鳴らし、aの名前を呼びながら走ってきた。その後は言うまでもなく彼ら四人で一緒に帰っていった。よくよく考えれば、a以外は話もしたことがない連中だった。一緒に帰るわけなかった。私はとりあえずあげた手で髪をかき上げ、そのあと両手をあげて背伸びした。行き場のない手と、自意識過剰になった自分を思うと、人が少なかったとはいえ恥ずかしい。

みなさんもここまでお手本どおりの勘違いはないかもしれないが、話しかけられたと思ったら自分じゃなかった、ということぐらいあるだろう。この手の勘違いは、他人に自意識過剰だと悟られるのが恥ずかしい。

AとBでは恥ずかしい要素が違う。私としてはBのほうが恥ずかしい。Bのほうは、自分が何を考えているのかさらしているみたいで、Aの突発的な恥ずかしさよりも上をいく。Bも手をあげられたからとっさにあげてしまった、という人もいるだろうが、私はちゃんと考えた上であげるので、突発性は生まれない。

Q22

一つしか観られないとしたら観るのはどっち？

A 毎週観ているテレビドラマ

B すごく面白そうな特別番組

日曜から土曜まで、観ない日はないくらい現代人のかけがえのない娯楽となっているテレビ。白黒から始まり、今ではカラーしかもリモコン付き。そしてテレビの進化と共に番組も進化してきた。そう、視聴率争いに勝ち残るために。観たい番組同士の時間がかぶっている、なんてことは日常茶飯事である。

そんな国民のわがままにこたえてくれたのがビデオでありＤＶＤである。しかし今回、その国民の大きな味方であるビデオもＤＶＤもそのほか録画できるものは一切ないと考える。

テレビドラマは、数カ月するとビデオ化されるが、それをただ単に再生することもできない。

Aの毎週観ているテレビドラマ。テレビドラマとは三カ月を一クールとして、一クールごとに全十〜十二話程度で放送されている。ストーリー性が高いため、一話見逃すと内容が把握しきれないことがある。私なんかは特に一話目を見逃すと、それから先を観る気がしなくなる。

そう考えると今回の質問はテレビドラマ有利に思われる。しかし本当にそうだろうか。

Bのすごく面白そうな特別番組。これはドラマと違って一回きりである。ドラマはストーリーがあるので、逆に考えれば映像じゃなくても最低限ストーリーがわかればいい。友達から内容を事細かく聞けば、次の話にもつなげることができる。

しかし特別番組はその日一回限りである。中には見なければわからない衝撃映像もあるかもしれない。そんな番組を見逃してもいいのだろうか。

私の素直な気持ちとして、ずばり見るのはAの毎週観ているテレビドラマである。確かにドラマによっては特別番組を観ることもあるだろう。何が何でもドラマを観るというわけではないが、総合的に考えるとドラマである。

このドラマとあの特別番組を比べる、というのではなく、どんな状況においてもいかなるときに番組がかぶろうとも、ベースとして考えるのはドラマである。ドラマというのは全話観る、というのを大前提として考えている。そこに突然番組が入ってきたら、一話抜かしてもいいドラマなのか譲れないドラマなのかどっちを観るべきかそこで判断する。初めから特別番組、と決めつけることは私にはできない。

特別番組はいつなんどきやってくるかわからないが、なかったものと割り切るしかない。

私の中で名作に位置付けられているドラマは数少ない。どんなに世間が評価しようとも、視聴率が高くても、全話観なかったドラマは私にとっての名作にはなれない。それぐらい一話というのは大きい存在なのである。

Q23

会話をしている人たちが自分の存在には気づかず話をしている。思わず聞いてしまうならどっち？

A　自分の噂話

B　憧れの人の超意外な面

日常生活で、聞くつもりはないのに聞こえてしまうことはよくある。その大半は、実は聞くつもりがないのではなく、聞き耳を立てて聞いているのである。別にそれが悪いこととは言っていない。話しているほうにも責任がある。本当に聞かれたくないことなら、人のいないところで話せばいい。

私はいつも、第三者が話を聞いていることを意識して人と会話をしている。だから電車のような人と密接した空間では、私の個人的な話を避け、大相撲の話をする。そうすれば聞かれるほうも聞くほうも、不快を覚えることはない。

Aの自分の噂話。これは内容によってはものすごく不快感を感じる。不快感をとおり越して怒りに変わり、飛び掛かる人もいるかもしれない。逆に自分にとって嬉しい内容だったら気分よくなれる。どっちにしても他人は自分をどのように見ているのか、自分の評判を知るうえではいいチャンスかもしれない。友達同士でも、面と向かって言えないことはある。自分についての話なので、無関係な情報ではない。

Bの憧れの人の超意外な面。誰にだって、異性であれ同性であれ、憧れの人はいるだろう。そんな憧れの人に少しでも近づきたい、憧れの人のことなら何でも知りたい、そう思うのは当然である。しかし現実には知らないほうがいいこともたくさんある。

私も、憧れとまではいかないけれど、ある人の真実の姿を知ったことで気持ちがダウンしたことがある。

小さな子供はヒーローものが好きである。私も幼いころは好きだった。よくデパートや遊園地、イベント会場でショーが催されているのに参加した。ヒーローと一緒に写真を撮ってもらったこともある。そのとき、ヒーローの手袋とそでの間から、結構な量の汗が流れ落ちたのを目にした。私は思わず「水だ」とつぶやいた。隣で喜んでいる兄を尻目に、私は冷静にヒーローを見ていた。

憧れの人の意外な面を知るのは、場合によってはつらいかもしれない。しかし、その人に少しでも近づきたいのなら真実を突き詰めることも必要だろう。たとえイメージが崩れようとも、知る勇気も大切。

A、Bどちらも聞かなければ、可もなく不可もなく一日が終わっただろう。ひょんなことから思いがけない話を耳にして、その晩考え込むのである。少なくとも私は。

私のモットーは、迷わず悩まず考え込まず、である。できるだけ自分をその状態に保っていたい。そうなると、Aの自分の噂話のほうが聞いても迷わず悩まず考え込まない。

私にとって嬉しい噂なら何度聞いても天狗になるだけである。逆に悪い噂話を聞いたなら、私が自覚するものであれば素直に反省し、その場で謝りたくなる。私自身が思ってもいないあんぽんたんな噂話や悪口を言っていたならば、何を的外れなこと言ってんだ、とあきれてしまう。

そもそも人の悪口なんかをコソコソ言う奴は、人品《じんぴん》の低い奴であり、他人をわざと貶《おとし》め、自分のほうが上だと思って満足するような、器の小さい人間である。そうでなかったら言われた本人が本当に嫌われているか、のどちらかである。自分は人から嫌われる人間なんだ、と思っている人はいないだろう。私もそうだから噂話を耳にして頭にきたとしても傷つくことはない。それよりも私が反論できないようなことを、面と向かって容赦なく言われたほうがヘコむ。

その点、憧れの人の超意外な面は、自分はそれを聞くまで知らなかったことなので、何も言い返せない。それがうそであると裏付けるものがなければ、その情報が本当になってしまう。でも信じたくない。そのジレンマからはちょっとやそっとじゃ抜け出せない。その間にもイメージが崩れていき、そこで開き直れるか幻滅していくかのどちらかである。超意外な面とは、場合によってはプラスになりえるが、私はそんな賭けに出るぐらいなら現状維持で十分である。

Q24

実際にいたら友達になりたくない人はどっち？

A　裸の王様

B　「絶対開けてはいけない」と言っていながら玉手箱をくれる竜宮城の乙姫様

友達は何ものにも代えることのできない財産である。いくら大金持ちでも、入院したときに誰も見舞いにきてくれなかったり、携帯電話を買っても、メモリーが身内しか入ってなかったら寂しい。

歌にもある。「一年生になったら、友達百人できるかな」……できないだろう。小学一年生で百人友達がいたら、成人するまでに千人を超えてしまう。いくらなんでもそんなにできるわけがない。しかしそれぐらい友達を多く作りたい、という意気込みがこの歌の醍醐味なのだろう。

私も可能な限り、一人でも多くの人と友達になりたいと思っている。しかし、みんながみんな気の合う友になるとは限らない。憎たらしい奴もいるし、考え方がまったく違う人もいる。気の合わない人とは本当の友達にはなれないし、一緒にいても楽しくないので友達にもなりたくない。
A、Bどちらにも親、兄弟、親戚がいるのに、こんな題材で取り上げるのも申しわけない。二人にも自分なりの考え方があるのに、私の独断と偏見で、友達になりたくない代表に選んでしまった。そのことを本題に入る前に謝っておこう。
Aの裸の王様。これは裸族の国の王様というのではない。

新しい服を作ってもらった王様が「この服はバカ者には見えない」という言葉を信じて裸で街中を行進した、というお話である。笑い話になっているが、王様は詐欺の被害に遭ったのである。しかし事件が事件だけに、あまり同情もできない。結局は「バカ者には見えない」という言葉に見栄を張り、物の本当の価値がわからない人なのである。

もし現代にいたら、だまされて高価な壺なんかを買わされ、新聞も二十紙ぐらい取らされて、借金の保証人にもなるんだろう。

それに一番の問題が裸でいることである。日本は裸族の国ではないので、裸で街を歩けば捕まる。一緒に買い物に行っても注目されるだろう。そんな人の友達だとは思われたくない。いくら「この服はバカ者には見えない」と言い張られても、見苦しい言いわけにしか聞こえない。「バカ者はどっちだ」とまあ、少々きついことを言ってしまったが、楽しい人には違いない。家の中だけなら一緒に遊びたい気もする。

Bの竜宮城の乙姫様。浦島太郎が遊びほうけるぐらいだから、きっと竜宮城は楽しいところだったんだろう。男がそんなに夢中になるほど楽しいところといったら、今で言うとキャバクラではないか。その中で乙姫様というぐらいだから相当美しい。その店のナンバーワンに違いない。そんなきれいな人と知り合いになれただけで、男なら誰だって喜ぶ。だがそれだけなら浦島太郎も、延長しないで帰っただろう。あのまじめそうな浦島太郎を引き留めたのは、話がおもしろかったからである。話のおもしろい人はブサイクであろうとおもしろい。しかも乙姫様は美しい。これで性格もよければ三冠王である。

しかし、乙姫様は性格に大きな問題がある。なぜなら浦島太郎が帰ろうとしたとき、お土産だと言って玉手箱を渡している。お土産とは、旅先の雰囲気を少しでも味わうための記念となる物である。もらったほうは、これがその土地の名産なんだな、と思って取っておく。決して捨てたりはしない。そんなお土産に玉手箱を渡したのである。「絶対開けてはいけない」と忠告しているが、それならどうしてお土産に渡すのか。忠告を無視して開けた浦島太郎も悪いが、箱は開けるものである。浦島太郎が開けなくても、いずれ誰かが開けるだろう。「絶対飲んではいけない」と言って毒入りジュースを渡すようなものである。

親しき仲にも礼儀あり、まったくそのとおりだと思う。他人の物を勝手に使ったり、助けてあげたのにお礼の一言もなかったり、友達だからこそ、その辺のことはしっかりするべきだと思う。そう考えると友達になりたくないのは、Bの乙姫様である。

カメを助けたのに恩知らずである。玉手箱を渡す意図が見えない。明らかに悪意があるとしか思えない。飲食代を払ってほしいなら、言ってくれれば払ったのに。こんな仕返しの仕方はあんまりだ。どんなにきれいでおもしろい人でも、いつか利用されて、だまされそうな気がする。それならだまされ続けるほど人がいい、裸の王様のほうが友達になれる。この際、裸でいるのは目をつぶる。

Q25

一度でいいからやってみたいのはどっち?

A　ボウリングのパーフェクトゲーム

B　ホールインワン

人生は一度きり。一度しかない人生なのだから、自分の理想とする生き方をしたいものである。その理想とする人生を追い求める中で、一度はやってみたいことがある。〝夢〟と置き換えてもいいだろう。しかし誰もがその夢を実現できるわけではない。運、出会い、タイミングなどすべての条件が揃って実現できる。その条件を揃えるのは大変困難であり、自分の努力だけではどうにもならないことがある。だからこそ一度はやってみたいのである。

Aのボウリングのパーフェクトゲーム。これは運だけではできなさそうだ。よって実力でできる人は対象外とする。実力はないという人も、一度ぐらいはまぐれでストライクを取ったことはあるだろう。それが今回まぐれが続き、とうとうパーフェクトゲームをしてしまった。そんなことが起こりうるならやってみたいとは思わないか？　決して実力ではないが、事実には変わりない。奇跡でもまぐれでも何でもいい。一生の自慢話になる。しかし実力もないのにそんな大それたことをやると、目撃者なしでは信じてもらえないかもしれない。だが私なら、誰も信じなくても、自分は数少ないパーフェクト達成者の一人だ、という自己満足だけで十分である。事実、パーフェクトゲームを達成しているのだから。

Bのホールインワン。これも運だけでは達成できなさそうだ。しかし、ボウリングほど実力がなくても達成できるかもしれない。で課長が達成することもある。よってボウリングよりも、誰にでもチャンスだけはある。しかし実力者でもできないほど難易度は高い。その分達成すれば、プロでも難しいことをやってのけた、という優越感にひたれる。

Ａ、Ｂどちらも人生で一度でもあれば多いほうである。宝くじが当たるようなものである。私としては宝くじが当たるのが一番嬉しいが、Ａ、Ｂどちらかだとしたら Ａのボウリングのパーフェクトゲームのほうがやってみたい。

今回は理由なんて特にないのだが、しいて言うならボウリングのほうがたくさんやるから。ただそれだけである。それにボウリングは友達とも行く機会が多いので、そこでさらっとさりげなく自慢してみたい。

Q26

気まずいのはどっち?

A　エレベーターに乗ったら自分とまったく同じ服を着た人がいたとき

B　恩を仇で返してしまい、その後ずっと連絡を避けていた人と偶然道で会ったとき

ラーメン、カレー、ハンバーグ、焼きそば。これらがうまいかまずいかは、作る人の腕次第である。〝気まずい〟も人によって作られるものであり、作る人の腕によって〝まずさ〟が大きく変わる。

誰でも一度は気まずい状態を作ったことがあると思う。無言の重圧というか、重い空気というか、長く感じる時間というか、その何ともいえない空間は、時空を超えてそこに存在している。人類の作り出した異次元空間である。

そう言われても、いまいち実感が湧かない人は、友達と喧嘩をしてみるといいだろう。次の日、顔を合わせづらい。それだけでも気まずいが、そこを無理して一対一になればよりわかりやすいだろう。

Aの場合、まったくの他人であるのだから、気まずい雰囲気にはならなそうである。しかし同じ服を着ていることによって、言葉のない沈黙の伝達を行っている。それはもう他人とは思えない。少なくとも服の趣味は似ていることになる。そこには妙な仲間意識が生まれると同時に、恥ずかしさもある。

どっちのほうが似合っているのか気になる。また、どっちのほうが早く買っているのか。早く買っていれば、相手よりもその服に目を付けるのが早かったということになり、自己満足だが勝った気になれる。

ここまでは当人同士のことなのでまだいいとしよう。しかしエレベーターという空間で、同じ服を着た人がいたら、周りの人はどう思うだろうか。どんなに地味な服であっても、それだけでエレベーターの中では注目される。格好いい服でも、周囲はそんなこと考えない。きっと友達に話す格好のネタになってしまうのである。

一方Bの場合は、気まずいと思っているのは自分だけかもしれない。相手は自分の顔を見るなり怒り出すかもしれないし、自分が思っているほど気にしていないかもしれない。それがわからないからなおさら気まずいのである。しかも恩を仇で返した、ということは、ただ迷惑をかけたのではなく、お世話になった分も上積みして、多大なる迷惑をかけたことになる。

恩人に対して迷惑をかけただけでも気まずいのに、その後お詫びの言葉の一つもなくその人を避けてきたら合わせる顔がない。

仮に迷惑をかけた後、自分も苦労してきたなら、連絡しなかった言いわけの一つもあるかもしれないが、自分はしゃあしゃあと生きてきたところを偶然道で見られたら、言葉がない。

私にとってこの二つは比べるまでもなく、Bのほうが気まずい。恩を仇で返しただけならまだしも、その後ずっと連絡もしないで避けるということは、本当は謝らなければいけないことをわかっていて、あえて謝らなかった。こんな卑怯で非常識な人間になって、どの面下げて会ったらいいのか。いや会えない。それなら同じ服の人に会ったほうがまだいい。私ならばずっと目をつぶって我慢するから。

Q27

より驚くのはどっち？

A　卒業式で自分の名前が飛ばされたとき

B　恋人が本当は同性だったとき

「びっくりしたなぁー、もう」。人が思いもよらぬことに出会って驚いたとき、こんな言葉が出る。しかし我々は未来を見ることができない。少なくとも現時点では。だから我々が目にするものすべてが、思いもよらぬことである。ではなぜいつも驚かないのであろうか。それは意外性の度合いによって決まるからではないだろうか。自分の予想できる範囲内なら驚くことはないが、その範囲を超えると驚きが発生する。その範囲をたくさん超えるかどうかで、驚き方も変わってくる。

Aの卒業式で自分の名前が飛ばされたとき。入学式や卒業式の主役は、校長でも生徒会長でも知事の祝電でもなく、新入生、卒業生といった当事者たちである。その主役の名前が飛ばされるなんてことは、まったくもってありえないことである。映画でいったら、クレジットタイトルで主役の名前が載っていないようなものである。もっと言ったら、オリンピックで金メダリストが表彰されないようなものである。それだけ、卒業生の名前を飛ばすということは重大なことである。

徐々に自分の番が近づき、高まる鼓動を抑え、声が裏返らないようにせき払いをしてのどの調子を整える。そして前の人が終わり、いざ自分の番だと思ったら次の人の名前が呼ばれた。しかも次の人が何の疑いもためらいもなく返事をしたら、驚くなんてもんじゃない。

飛ばされた人は何て思うだろうか。自分は卒業できないのでは？　もしかしたら担任に嫌われていて、事前に仕組まれていた？　いろんな思いが頭をめぐることだろう。名前を間違えられただけでもショックなのに、飛ばされたらそのショックは計り知れない。

Bの恋人が本当は同性だったとき。これは同性愛を否定しているわけではない。でも一般的に同性愛者のほうが少ないと思われるので、今回のようにしてある。同性愛者の人は逆で考えてもらいたい。

ナンパ、合コン、一目ぼれ、友達から、と恋人になるにも数多くの筋道がある。たとえ最初の印象が悪かったとしても、恋人になっているのだから、今は好き同士、ということである。中には結婚を考えているカップルもあるだろう。しかしその相手が同性だとわかったら結婚どころじゃない。もちろん法的な規制もそうだが、精神的なものが大きい。何せ自分の理想とする恋人像の逆を恋人にしているのだから。

どんなにきれいな男でも、女ではない。たとえモロッコで手術をしたとしても、性的機能では差が出てしまう。結果的には男が男と付き合い、女が女と付き合い、おかまが女と付き合い、おなべが男と付き合ったということになる。いくらもてなくても性別まで妥協したくない。性別が初めからわかっているなら恋心も生まれないが、付き合ってからその事実を知ると、今までの思い出が複雑になってしまう。

AもBもまさに「おったまげた」の一言につきる。どっちがより驚くかなんて、比べられる次元じゃない。しかしどちらかを選ぶとしたら私はAである。Bも結婚寸前までいっていたら、A以上に驚くかもしれないが、逆にそこまで親密になっているなら、今までにいくつも困ることがあったはずである。その分Aよりも意外性に欠けている。付き合っている期間が短ければ、受ける衝撃も少なくて済むし。

Bは小学校なら六年間、中学、高校なら三年間の締めの舞台で「それはないでしょ」と思わず突っ込みたくなる。「キャー」とか声に出るような驚きではないが、地味でも底知れない力があると私は思う。

Q28

とても仲のよかった友達が引っ越すとき、別れぎわにプレゼントをくれた。もらって部屋に飾るならどっち？

A　跳び箱八段

B　寺の鐘

出会いがあればいずれやってくるのが別れである。理由はいろいろあるが、一生の別れになることも少なくない。多少成長していれば、その後も連絡を取り合って定期的に会うこともできるが、小学生やそれ以下の年代ではなかなかそこまではできない。仲のよかった友達と別れるのはとてもつらいが、そんな友達だからこそ「またいつか必ず会おう」「俺の大切な物だけどお前にならあげるよ。大事に取っといてくれ」、そんな思いを込めてプレゼントする。

亡くなった人のひつぎの中に思い出の品を入れるときも、高価な物だからやめよう、なんて考えたりはしない。本当に入れたくなったら、高価だろうと入れる物は入れる。亡くなった人がどう感じているかはわからないが、友達からそんな思いの込もったプレゼントをもらったら、嬉しいに決まっている。しかし嬉しいと思うのもつかの間、その嬉しさをかき消すほどに別の力を持っているAとB。二人の間にどんな思い出があったのかは知らないが、別れぎわのプレゼントとしては珍しい。

Aの跳び箱八段もBの寺の鐘も、大きさでは同じぐらいだろう。ちなみにAの跳び箱は一段ずつ分割できるが、そうするとかえって場所を取りそうな気もする。AもBも正しい使い方をする人にとっては必需品である。だからといって、部屋で跳び箱を跳ぶのも鐘を撞くのも極めて困難である。

何かほかの利用を考えてみても、跳び箱は段と段の間の透き間に、ハンガーでもぶら下げるぐらいである。鐘は私なりに考えてみたが、ほかの使い方が見当たらない。まさかひっくり返して五右衛門風呂にもできないだろうし、普通の人は突っ張りの練習もしないだろうし。利用頻度では若干跳び箱のほうがありそうだ。実際はそれも疑わしいところだが、とりあえずそういうことにしておこう。

一方インテリアとして見るなら、寺の鐘のほうが風流である。しかし、部屋に寺の鐘を飾れる人はそういない。

仲がよかった友達のプレゼントなら、贅沢言わず何でも受け取る。それでもA、Bどちらか選ばせてくれるなら、私はAの跳び箱八段である。私の小さな部屋では、どちらも厳しいものがある。したがってBの寺の鐘をインテリアとしてだけで使う余裕はない。それなら若干ではあるが、Aの跳び箱八段のほうが使えるかな、と思った。

Q29

独り暮らしで必要だと思うのはどっち?

A　電話

B　友達

独りで暮らす。とはいっても世間を拒絶して社会からドロップアウトし、誰もいないところで生き抜く、というわけではない。普通に学校卒業後、進学や就職で地方から出てきて生活をする、というのが今回の内容である。修行で人里離れた山にこもるのも独り暮らしではあるが、目的がまるで違うので今回の独り暮らしには含めない。寮生活も一人部屋だったら独り暮らしなのかもしれない。でもやっぱり周りに仲間がいる分、いまいち孤独感がないので、寮は共同生活ということで独り暮らしには含めない。

知らない土地に初めて来たとき、知っている人はまだ誰もいない。親戚や友達が近くに住んでいるとしても、引っ越す前より格段に少なくなっているのは間違いない。はっきり言って孤独である。私の場合テレビが友達だった。そんな中、独り暮らしに必要とするのはA、Bどちらか。

Aの電話。現代社会では独り暮らしじゃなくても必要となっている。特に携帯電話は国民の何十パーセントぐらいが持っているのだろうか？　電話がなかったら連絡を取る手段として、手紙かハトぐらいしかない。仮に手紙で連絡を取り合っても、返事が来るまでに何日か間が空いてしまう。いくら電話をあまり使わない人でも、そんなに時間がかかっては不便である。それに友達と遊ぶ約束もしづらい。今暇だから誰かと遊ぼうかな、と思っても連絡ができなければ遊びようがない。

Bの友達。これも独り暮らしじゃなくても重要である。休みの日だというのに、家の中に一人でいるのはつまらない。うさぎは寂しいと死ぬらしいが、人間も笑い合える友達がいないと、気がおかしくなってしまうのではないだろうか。いくらテレビ番組やゲームが進化しても、人と直接会って肉声を聞き、楽しむのとでは大きく違う。

独り暮らしの一番の敵は食事でも洗濯でもなく、孤独だと私は思う。それを乗り越えるのはBの友達だと思う。Aの電話も必要だと思うが、何よりも電話する相手がいなければ、まったく意味をなさない。高級車を買っても免許がなければ道路を走れないのと同じである。

確かに電話がないと、家にいながら即座に連絡は取れないかもしれない。友達以外にも連絡が必要なときはあるだろう。だがそれは便利だけを追い求めているのであって、本当に生活が豊かになるのとは違う気がする。本当に豊かになることとは、充実した生活を送ることだと私は思う。

Q30

五歳の子に言われて困るのはどっち？

A「赤ちゃんてどうやって生まれるの？」

B「結婚して」

どんな凶悪犯でも、腹黒い邪念に満ちた人でも、昔は子供だった。子供は素直で純粋で単純である。だから下手にうそもつけない。しかも子供は思い立ったらすぐ実行に移すので、相手のこともよく考えず行動する。というよりも、AやBのようなことを聞いたら困るだろうなあ、と考えているのは、むしろ子供っぽくない。

私は正直子供があまり好きじゃない。すぐ泣くし、言ってることもよくわからないし、う○こって言うだけで笑うし。そのくせ世間知らずで遠慮もしない。だからといってむきになったり意地悪なことはしないが。

Aの「赤ちゃんてどうやって生まれるの？」は学校の性教育で、全般のことは勉強するが、学校で習う前から知っていた気がする。いつ、誰に教えてもらったというわけでもないが、自然と頭の中に入っていた。これも生きるうえで大切な知識なのだから、早く知って悪いということもなく、その話をしたからといっていやらしいこともない。だが私も標準的日本人として、世間体を気にし、子供にそんなこと教えていいものか、と悩んでしまう。もしその子がみんなの前で私を指差し「あの人からこんなこと教えてもらった」なんて言われたら困る。だからといって「誰にも話しちゃダメだよ」と隠すのも変だ。別に悪いことを教えたわけじゃないけど、なんとなく一般的によくないことになっている。

そこで本当に悩んでしまうのが、何てうそをつこうか、ということである。あまりにも事実と大きく違うと、子供ながらに不審に思うかもしれないし、だからといって核心にも迫れない。どこかでマニュアルでも売っていれば楽なのだが。

Bの「結婚して」。子供は単純だからその言葉の大きさをわからずに言っている。年間にどれほど、この一言が言いたくても言えずにいる男女がいることか。そして無残にも散っていく。子供の場合は大人の場合と異なり断る理由が違うので、そこら辺を上手に納得させて断るのが難しい。「大人になったら」とその場しのぎで、本当に大人になったとき再度求婚されたら、もう断る言いわけがない。下手に期待を持たせると、逆にその子を傷つけてしまう。だからといってストレートに言うのも残酷である。仮に本気でOKを出しても、そのときはその子の親が黙っていない。結局、結論は最初から出ているのだが、どうやってそこに持っていくのか問題である。

子供の気持ちを考えると傷つけてしまうのはBのほうだが、私はそれより世間体を気にするので、Aのほうを言われたら困る。Bは、結局は期待に添えないのだからしょうがない。たとえ子供でも、ここで人生の厳しさを教えるのは大人の役目だと思う。それよりAのほうは本当のことがあるにもかかわらず、隠さなければいけない。うそをついて納得させるのが大人の役目である。何とも大人の勝手な考え方で、子供にとっては不本意かもしれないが、理解してもらいたい。

Q31

地獄に行くとしたらどっち？

A　ものすごく臭い地獄

B　くすぐられる地獄

天国と地獄。本当にそんな世界があるのなら、天国へ行きたい、と誰もが思うはずである。誰も好き好んで苦しみたくはない。「若いときの苦労は買ってでもしろ」といった意味の言葉があるが、本当にそう思う人がいるのなら私の苦労を売ってあげる。この言葉の本意はわかるが、私は苦労も努力も我慢も苦痛もしないで生きたい。こんなことを言っている限りは、地獄のほうが近そうである。でもいざとなったら閻魔様に接待でもして大目に見てもらう。そして接待の甲斐あって「刑を二つの中から選んでいい」と言われたらどっちを選ぼうか。

Aのものすごく臭い地獄。中学校の理科で、アンモニア水のにおいは刺激臭、と習ったがあんなもんじゃない。何せこっちは閻魔様の管轄下だから、そんな中学校ぐらいで嗅げるほど甘いにおいじゃない。地獄とはそれぐらいの場所であろう。

Bのくすぐられる地獄。足の裏、脇の下を始めとする人間の敏感なところを、これでもか！　というぐらいくすぐる。永遠と笑っていられるので、ある種天国かもしれない。が、血管が切れるほど笑うのは苦痛以上の何ものでもない。それは重い物を持ちあげるときに似ているかもしれない。あまりくすぐったがらない人にとっては楽な地獄かもしれないが、どこかしら一カ所ぐらい弱いところがあるはずだ。

どちらも甲乙つけがたい地獄であるが、私はAのものすごく臭い地獄に行かせてもらう。私は大のくすぐったがりで、わざわざ地獄に行かなくても、くすぐられるだけで地獄である。その仕打ちが地獄級だなんて、聞いただけでも血を吐きそうだ。

Aのほうがまだ私には合っていそうな気がする。

Q32

親に聞かれたくないのはどっち？

A　友達と話したエロチックな下ネタ

B　自分が万引きして捕まったこと

たとえ家族だからといって、何から何まで大っぴら、というわけにはいかない。誰にだって隠しておきたいことはあるだろうし、聞かれたくないこともあるだろう。特に親には隠したいこと、言いづらいことが一番多く発生する。それも〝親〟という監視下に我々がいるからであろう。

私には三十歳離れた男と女の親がいる。彼らはいたって一般的な普通の人たちだが、私にとっては一般人と同様の扱いはできない。

Aの友達と話したエロチックな下ネタ。これはロマンチックとはわけが違う。人間は誰でも本能的に性欲がある、と私は思う。だから誰でもエロに興味があるはずだ。特に中学生や高校生なんて、一番ぎらつく時期ではないだろうか。男が集まって、大なり小なりその話題にならないことなど、ありえないと断言できる。しかし親の前では、さっきまで大はしゃぎだった奴でも、その話題を一切口にする奴はいない。飯を食べることに理由がないように、話さないことに理由はない。ただ話したくないだけである。

それがもし聞かれてしまったら、うそでもいいからそっとしておいてほしい。「何でそんなこと言ったの？」「何て話してたの？」と深く突っ込まれても「勘弁してください」としか言えない。

Bの自分が万引きして捕まった、という場合。これは兄弟、姉妹ならまだしも、親には言いづらい。もし私が捕まっても、兄に警察まで引き取りに来てもらう。何年かたって「実は数年前、万引きして捕まった」と思い出にしてからなら話しやすいが、朝捕まって夜話すのはどうだろう。厳格な家庭なら、勘当ということにも……。

A、Bどちらも笑って済む状況ではない。逆に私が親なら両方聞きたくない。親としても何て言ったらいいのか気まずいところである。そんな親の気持ちも考えて、選んだのはAである。

Bは社会的に恥ずかしい行為である。それに比べてAはこれといって社会的非難を浴びるような悪いことではないが、気持ちの問題である。それほど下ネタは法律を超えた罪悪感がある。冷静に考えると何てバカな話をしているのか。もっと普通の話ができないのか、と情けなくなってくる。

Q33

席を譲るのはどっち？

A　松葉づえをついた人

B　妊婦さん

日本の交通規則では、原則として歩行者が優先である。しかし車の運転手には規則で決められているからそうする、という義務的な運転ではなく、譲り合いの気持ちで歩行者に道を譲れるようになってもらいたい。また譲り合いは車同士でもやってもらいたい。車だけに限らず、電車やバスの車内でも同じである。優先席だから譲る、優先席じゃないからそのまま座っててもいい、というのではなく、立っているのがつらそうな人に進んで譲ってあげてほしい。だから若者でも気分が悪そうだったら譲るべきだと私は思う。しかし自分が座っている目の前に、二人の候補者が現れたらどうする。どちらか選ばなければならない。何も言わず席を空けるのは無責任である。譲られた人はただでさえ周りに気を遣っているのに、自分がここで決めてあげないと、二人ともお互いに譲り合ってしまい、余計に気を遣ってしまう。二人もどっちか決めてもらったほうが座りやすいと思っているに違いない。ここは独断で、どっちのほうが大変そうか決めるしかない。いちいち「どれぐらい大変ですか」と訊いて二人を天秤に掛けるほうが、勝手に決めるより失礼である。

Aの松葉づえをついた人。立ったり普通に歩行するのが困難だから松葉づえをついているのであって「大変ですか」と訊くなんてもってのほかだ。

仮にマッチョが松葉づえをついていたとしても、普通の人より楽とは限らない。マッチョだって怪我をしたら怪我人である。骨折してもマッチョだから大丈夫でしょ。そんなわけあるか！

Bの妊婦さん。見て妊婦さんだと気づくぐらいだから、お腹も結構目立ってきているのだろう。私は妊娠も出産もしたことがないし、今後もするつもりはないので、まったく未知の世界である。しかし自分の体の中に別の人間がいるのだから、容易なことではないと思う。体は重たいだろうし、お腹で足元は見えにくいだろうし、気分だって急に悪くなったりするんだろう。妊婦さんはみんな当たり前のようにしているが、尊敬に値する。

Aも Bも両方譲ってあげたいが、私の力が足りなかったばっかりに、それはできない。ここは心を鬼にしてどちらか選ぶと、Aの松葉づえをついた人である。たとえ両腕を骨折した人と足首を捻挫した人を比べても、直立することに関しては、捻挫した人のほうが困難である。今回もAとBどちらが困難かはわからないが、席を譲るという限定された状況ではAである。

Q34

リアクションに困るのはどっち?

A　頭があがらない人のすごいとも思わない自慢話

B　全然嬉しくないけど一生懸命さを感じるプレゼント

頭をぶつけたら痛がり、熱いお湯がかかったら熱がる。これらは動作に対してお決まりのリアクションである。このリアクションから外れると、周りから変わり者のように思われる。

初めて雪を見たら泣き出した。気持ちはわからなくもないが、やっぱり変わってる。でもこの程度ならかわいいもので、それよりもっとまずいことは周りの反感を買うことである。

友達が事故に遭ったと聞いて笑い出す。あまりにも極端な話だが、こういう人格を疑うようなことである。今回の場合も多少意味合いがずれるが、最終的に反感を買うということでは一緒である。

Aの場合。自慢話をしている人にとっては、驚かれることや一目置かれることが、聞かせた相手に要求するお決まりのリアクションである。それはこっちもわかっている。できることなら鼻毛が抜けるぐらい驚いてやりたいが、内容次第では毛抜きが必要である。しかも頭があがらない人となると、いつもより多く抜かないといけない。そんな他人の迷惑と苦労に気づくことなく続けられる自慢話。これにどれだけ下の者は気を遣っていることか。私は口下手だから、世渡り上手の口上手がこんなときうらやましい。

Bの場合。プレゼントをあげる人にとっての期待するリアクションは、もらった人が嬉しがったり喜んだりすることである。そしてあげる人はそのお決まりのリアクションを望む。むしろそれしか望まない。

もらう側としても、大概は期待に添えるようなリアクションが自然と出るが、ごくまれに例外も生まれる。特に服の趣味などは人によってまったく違うので、送り主がいいと思っても、もらった人はそれほどいいとは思わないこともある。この差が今回のような悲劇を生む。送り主はこれ以上ない、というぐらいのプレゼントをしているつもりだが、もらったほうはこれはいらない、と思っている。しかし「いらない」とも言えないし、送り主の顔は何かを求めている。ここでうそでも嬉しがらないと関係が気まずくなる。私は役者ではないのでもらった瞬間顔に出てしまいそうだ。

　私は興味がないことや、うそをつくときなど、露骨に顔に出てしまう。だからこういった場面は一番困るのだが、どちらかといえばBのほうが困る。Bはせっかく私のために一生懸命してくれたのに、浮かない顔をしたら相手に申しわけない。でも私は顔に出てしまうのだからしょうがない。私としても悪気があるわけではないので、そこのところを誤解されるとつらい。それならAのほうが、最低限「すごいですねー」と機械的に相づちを入れればいいので、多少リアクションしやすい。そもそも自慢話をしたがる人は、この一言が聞きたいだけで相手の感情まで気にしない人が多い。まったくおめでたい人だ。

Q35

大人気ないと思うのはどっち？

A　エスカレーターで騒ぐ人

B　「大人気ない」を「だいにんきない」と読む人

常識なんてものは、誰が考えたかは知らないが、社会のルールとして君臨している。それを破る者は非常識者として、世間から冷たい視線を浴びせられる。それも、いい年した大人が誰でも間違いだとわかるようなことをやっていると、まさに大人気ない。

大人は子供と違って、分別のあることが前提となっている。にもかかわらず、とんちんかんなことをやっていると「大人気ない」と周りから言われてしまう。

Aの場合。子供がやっていたら大人が叱る。それは子供を教育するための大人としての役目である。悪いことは悪い。やってはいけないことはやってはいけない。しっかり教えるべきである。しかし、その教える側の大人がやっていたらどうなる。子供は叱られたときの言いわけにするだろう。ほかの大人にしてみればいい迷惑である。大人の威厳は失われるし、第一邪魔である。

一方Bの場合。これといって何も悪くなさそうである。しかしよく考えてみてほしい。「大人気ない」を「だいにんきない」と読む大人は恥ずかしい。別に頭が悪いからどうというわけではなく、常識的にこれぐらいはわかってほしい。日本に住んでいながら「北海道って何県?」なんて言ったら大人としていい笑い者である。

A、Bどちらも自分は何とも思っていなくても、結構周りは気にしていると思う。そしてみんな揃って思うことは「大人なのに」。我々は成長するにつれて、世間体も考えていかなければいけない。

今回の場合、私が見て大人気ないと思うのはBである。Aも大人らしからぬ行動で、大人気ないと思うが、Bの場合は平然としていながら間違えている。いっぱしの大人がそれぐらいちゃんと読めよ、と思ってしまう。

私もあまり漢字は得意ではなく〝高校〟を〝校高〟と、〝方法〟を〝法方〟と書いたり〝粗品〟を〝そひん〟と読んだりする。はっきり言って他人には見せられない。頭がいいとか悪いとか以前の問題である。今まで能天気に暮らしていたのを見られているみたいで、私もそんな人を見たらそう思ってしまう。

Q36

言おうか言わないでおこうか迷うのはどっち？

A　かつらがずれているのを見たとき

B　すごい怖い人に名前を間違えられて、すごく怒られているとき

いじめは、いじめる人、いじめられる人、それを見ている人の三角関係で成り立つ、とよく言われている。いじめる人はもちろん、それを知っていながら止めない人もいじめに加わっている、ということである。しかし今回いじめはまったく関係ない。

見て見ぬふりというのは、一見卑怯で注意することもできない弱い人間のように思われがちである。しかし見てしまったほうにもそれなりの悩みがある。だって本当は関係ないのだから。触らぬ神に祟りなし、何もしなければ何も起こらない。でも人間の正義感と罪

悪感によって、その問題に踏み込むのか踏み込まないのか迷ってしまう。

Aの場合。放っておくと、その人は大多数の人に真の姿を明かすことになってしまう。ここで自分が食い止めれば、被害を最小限に抑えることができる。そして自分の胸にしまい込んでおけば、秘密を保持することができる。しかし本当にそれがその人に対する優しさなのか。自分が言ったことによってプライドを傷つけるかもしれない。相手の傷つくことを真正面から言うのも勇気がいる。

Bの場合。人の名前を間違えるというのは極めて失礼である。間違えられたほうも、あまりいい気分はしない。会社の上司でも学校の先生でも偉い政治家でも、名前を間違えたら謝るべきである。しかしそんな道理が通じない場面になりそうなときはどうする。

すごい怖い人に怒られているとき、こっちとしては早く終わらせたいと考えるのが普通である。そこで自分の名前を間違って怒られていたらどうだろう。早く終わらせるためには、そんなこと聞き流してしまえばいいのだが、自分にもプライドがある。ここで怒っている相手に勝つには、相手の間違いを指摘するしかない。しかし逆にそれが相手の気に障ったらどうしよう。無駄に怒られなければならない。何とも理不尽だがそれが現実である。

自分が何も言わなければすべて丸く収まる。そこをあえて賭けに出るかが問題である。私としては賭けに出るかどうか迷ってしまうのはBである。Aの場面は何も迷うことなくスルー。私のような若造なんかに注意されたら、その人のプライドはずたずたである。自分で気づくか、同じ仲間に教えてもらうのが一番である。私は逆に親切として言わない。

一方Bは、怒られて気分のいい人はいない。私も畜生！　と思う。ここで相手の鼻っ柱をへし折ったらどんなに気持ちいいことか。しかしだからといって灰皿で殴るわけにもいかないし、相手の次の反応を考えると、言おうにも言えなくなる。最終的には、そのときの私のモチベーションによって、言ったり言わなかったりが決定する。

Q37

意味ないと思うのはどっち？

A　わからない言葉を辞書で調べたら、またわからない言葉で説明してあった

B　健康サンダルなのに刺さるほど痛いイボイボ

我々の周りでは意味のないこと、意味のないものが存在する。しかしだからといって、そのすべてが否定されることはなく、それらは理不尽にも、のうのうと生き残っている。逆に必要とするもののほうが少ないのが世の常である。

ダイヤモンドやエメラルドが、その辺の石のように転がっていたら、松茸やアワビが、雑草やタニシのように生息していたら、どれだけ嬉しいことか。いや、そのものの値段を決めるのは人間であり、値段が高いものほど珍重されている。それほど数が多ければ、見

向きもしないだろう。そして価値がなければあっても意味がない、という結論に達する。

Ａの場合。辞書というのはわからないから調べるのであって、そこではあまり難しい言葉を使わないでほしい、というのが私の個人的な意見である。

例えば○○○という言葉を引いたら△△△という解説になっていた。△△△がわからないので、引いてみるとまた○○○という解説が書いてある。新宿駅から東京駅まで、ＪＲ山手線の内回りで行くか外回りで行くか、みたいな「どっちも大差ないじゃん」という現象である。

辞書によっては多少の意味的誤差もあるし、中にはあまりよくない辞書もある。英和や和英は特にそういうのが多いように思える。結局辞書も人が書いたものだから、間違いがないとはいえないし、著者にその気さえあればうその情報を入れることもできる。我々は辞書は何でもわかる夢の本、という認識を捨てて、上手に使うことが大切である。

Ｂの場合。どこをどう見て健康とするか難しいところである。腹筋ができない女性でも長生きしたり、規則正しい生活をしていても、ポックリいってしまうことはよくある。でもまあ、誰でも健康でいたいと思っている。そのために日々の生活に気を遣っている。一応自分は長生きすると考えながら。それを助けるために健康食品や健康グッズが売られている。その一つである健康サンダル。足のつぼを刺激して、健康になるのがねらいだろう。しかしつぼを刺激するイボイボが刺さるほど痛かったらどうする。明らかに健康とはほど遠い。

私も何度か経験はあるが、最後は歩き方が変わってしまう。どうにかして痛くない歩き方を探すのである。健康サンダルの全部が全部そうではないが、イボイボ付ければ健康サンダルなんて、大きな間違いである。

今後、この二つはまったく変わることなく世の中にあり続けるだろう。しかし私の切なる願いとして、改善してほしいほう、現状では意味がないと思うほうはAである。

さっき夢の本ではないと言ったが、それでも期待して辞書を使っているのだから、夢ぐらい見させてほしい。それに現時点で辞書以外頼るものがない。インターネットで情報量は抜群に増えたが、手ごろに使えるのは辞書である。

一方Bは、イボイボが最初からいらなければ普通のサンダルを買えばいい。健康サンダルしか売っていないわけじゃないのだし。

Q38

預かっていた高価な皿を割ってしまったらどっち？

A　弁償覚悟で謝る

B　そっくりの安物を買って何もなかったかのように返す

初めに、割ってしまった皿がどのくらい高価なのか決めておこう。これによってA、Bの選択も変わってくると思う。弁償する気があっても、手が出せないほど高ければ、自動的にBにいってしまう。逆に自分にとって、はした金程度にしか思わない金額だとしたら弁償するだろう。そこで、はっきり値段を決めてしまうと、生活事情に差があるので本当の選択ができないと思う。よって税金の累進課税のようにしたい。

今回、高価というのは決して払えない金額ではなく、何とか工面できるぐらいにしよう。

例えば百万円の貯金がある人にとっては百万円。貯金はなく、現金で十万円持っている人にとっては十万円。貯金も所持金も何もない人は、どうしようか考えてしまうが、家にあるテレビでも何でも売って作れる程度、ということにする。世界一高価な皿を割ったとしても全然平気、への河童、という人は話が難しくなる。私もそこまで深く考えられないので、そういう人は頼むから皿を割らんでほしい。

Aの場合。そもそもこうするのが人として真っ当である。こんな質問に選択肢があること自体、人間の醜い姿と歪んだ性格の表れだ。しかし、そんなきれいごとばっかり言って、生き延びられるほど甘い世の中じゃない。すきを見せたら「あっ」という間に持っていかれる。自転車なんかは特にそうである。悲しいことだが、正直者がバカを見るのは当たり前なのだ。それでも正しいことをしていれば、後ろ指も指されず、お天道様の下を胸張って歩ける。それに誠意が伝われば、もしかしたら許してもらえるかもしれない。

Bの場合。合法とか違法とかは、この際気にしていられない。この緊急事態をどう乗り切るかが問題である。そのためなら危ない橋も渡るしかない。バレたとしたらそのとき弁償すればいい。バレなかったら儲けもん。

そもそも私ならそんな高価な皿は預からない。もし預かったとしても、責任が回ってこないように一筆書いてもらう。だからといって本当に皿を割ってしまっても「私に責任はない」とは言えない。そうなったとき、私がとる行動はBである。持ち主には悪いが、これも上手に生きるための生活の知恵である。こんなことで金を払っていたら、明日からおけらである。それに安物を代用してもバレなかったら、その持ち主は皿の価値がわからない人である。結局は高くても安くても高価だと思うことで満足しているのである。それならずっといい思いをさせてあげることが、せめてもの償いだ。

Q39

なくなってほしくないのはどっち?

A　レンタルビデオ屋

B　古本屋

この不景気な御時世、企業も生き残りを賭けてさまざまな戦略を立てている。そこはまさに情け無用の弱肉強食。いくら自分一人がひいきにしていても、多数決の原理には勝てないのである。でもだからといって、職種ごと消えてしまうこともないと思う。が、逆にその職種がまだ出現してなかったとしたら。結局消滅しても出現してなくても、存在がないことに変わりなく、結論的には一緒である。

Aのレンタルビデオ屋もBの古本屋も、今ではその守備範囲は広く、AはCD、DVD

まで、Ｂもビデオ、ＣＤ、ＤＶＤと手を広げている。ここではっきり決めておきたいことがある。それはお互いの商売の主要となっている分野はかぶらないことである。つまりＡのレンタルビデオ屋のケースは、レンタル落ちした商品を売ることは含めない。Ｂの古本屋は特に問題なさそうだが、時計や家電製品の中古販売は含めない。今回はゲームも含めず、本、ＣＤ、ビデオ、ＤＶＤまでにする。

Ａのレンタルビデオ屋。ビデオを買うのはとても高い。でももう一度あの映画が観たい。そんなときのために安くレンタルする。レンタルビデオ屋は、販売と違って古い作品から最新作まで品数豊富である。販売だと数少ない作品はどうしても一人が買ってしまったら、独占になってしまい多数の人が楽しめない。それに観終わったら返せばいいので、場所もとらない、ゴミも出ない、地球に優しい。

Ｂの古本屋。これも新品で商品を買うのは高いので、中古品を買う。また、いらなくなった物を売る。Ａのレンタルビデオ同様、エコロジーで地球に優しい。レンタルに比べれば値段は高いが、何度も繰り返し借りるならいっそ買ってしまったほうが安いかもしれない。

誰が考えて始めたのか知らないが、私みたいな貧乏性の一般庶民には頼もしい味方である。味方は何人いても困ることはないのだが、あまり欲張ってもいいことがないので、ここで本命を決めておく。私にとっての本命はBの古本屋である。Aのレンタルビデオも確かに捨てがたいのだが、好きな作品は何度も観たくなるものである。そう考えると、いちいち借りてくるよりも手元に置いといたほうが、断然安あがりだ。しかも独占していることによって、自己満足にもひたれる。そしていらなくなった物があれば、また売ってお金に換えることができるので、ちょっとした幸運も味わえる。

私はあまり本を読まないので、古本屋といってもビデオやCDのほうばっかり重視してしまった。しかし今回それも含めて古本屋ということになっているので、このような結果になった。今回この二つは近年まれに見る好勝負だった。結果は紙一重でBの古本屋が勝ったが、今回のように厳しい規制をしなければ、どうなったかわからない一戦だった。

Q40

夜見ると本当はちょっと怖いと思うのはどっち?

A　ピエロ

B　おひな様

〝夜〟、それは闇の世界。人間にとって昼が〝動〟なら、夜は〝静〟であろう。そして闇と静が一緒になったとき、ただならぬ雰囲気を醸し出す。我々はその雰囲気には慣れておらず、不安や恐怖まで感じる。それによって、幽霊を見たり金縛りに遭ったりと、いくつもの恐怖体験をする。本当は人間の恐怖心から生まれる、錯覚なのかもしれない。少なくとも、夜の学校を怖く感じたりするのは、恐怖心から生まれる錯覚だろう。

耳なし芳一、狼男、ドラキュラといった怪談話、怪奇談のほとんどが夜を舞台にしているのも、人間の恐怖心をあおるためだろう。

Aのピエロ。派手なアクションと陽気なキャラクターで、サーカスの人気者であり、誰からも好かれている。しかし顔だけをよく見てみると、あまりかわいくはない。逆に少し恐ろしい。事実、私は幼いころサーカスを観に行ってピエロに泣かされた。多分ほかにも泣かされた人はいると思う。昼でも怖いというのに夜ともなると、その怖さは倍以上である。

その証拠として、ある推理漫画の殺人犯に抜擢されたこともある。そのときの主人公たちもピエロに不気味さを感じていた。ほかにもゲームや漫画の悪役として登場したこともあり、その実績は折り紙つきだ。

ピエロは人によって顔が違うので、すべてのピエロが怖いというわけではないが、大多数は同じような顔をして同じように不気味である。

Bのおひな様。日本では三月三日の桃の節句に飾る人形として伝統がある。女性にしてみればおひな様が怖い、というのは不愉快かもしれないが、おひな様に限らず日本人形が怖いのは私だけだろうか。日本人形以外にも、西洋人形もマネキンもリアルに人間に似ている人形は不気味である。

私の家にはおひな様がないので、あまり堂々と語る資格はないが、親戚の家に行ったとき、座敷に飾られているのを見たことがある。思いっきり凝視したわけではないが、昼と夜では何かが違って見えた。夜見るとおひな様の目が大きく開くような気がしていた。それ以来おひな様を目にすることはほとんどないが、まれに見るときなどは、毎回のように目が開くような気がしてしまう。

さっきから夜は魔物がいる世界のように述べてきたが、夜は夜として星や月が見えたり、夜景が美しくなったりと悪い面ばかりではない。AのピエロもBのおひな様も一見〝怖さ〟とはほど遠いように思われる。しかし〝夜〟とシンクロすることによって別の力が表面化される。現に私も夜になると友達から「夜強いねー」とよく言われる。今回はその力が恐怖であり、私としてはAのピエロのほうが恐怖を感じる。

まずピエロのほうが根本的に顔が怖い。なぜあの顔で陽気なキャラクターなのかがわからない。また、私にとっておひな様が怖く感じるのは、人形だけど霊魂が宿っていて、動いたらどうしようとか呪いがかかったらどうしよう、といったビジュアル以外の恐怖も強い。しかしそれは自分の気の持ちようで改善できる。一方ピエロはビジュアルはもちろん、ジェイソンや口裂け女のように襲ってきそうな恐怖がある。これも気の持ちようで改善できそうだが、私がいくら強気でいても襲われるときは襲われてしまう。まして物騒な世の中なので、夜ピエロの格好をした人がうろついていたら、何か事件を起こす前かもう起こした後なのか、と思ってしまう。

Q41

音楽祭当日、休まれて困るのはどっち?

A ピアノ伴奏者

B 指揮者

体育祭、音楽祭といった行事は、学生のころ誰でも経験したのではないだろうか。私も小学、中学、高校と学校行事に参加してきた。特に体育祭はやる気十分だったが、音楽祭はからっきしだった。まるっきりやる気がなかった。私の場合やる気がゼロならまだいいほうで常にマイナス、むしろ私が音楽祭当日、休めばいいぐらいだった。

仮にAかB、この際両方休んだとしても、私以外の誰かが何とかするだろうと考え、たいして困らなかったと思う。しかしそれでは自分で質問しておきながら、あまりにもいい加減だし話が終わってしまうので、いつもより本気で考えたいと思う。

Aのピアノ伴奏者。合唱でありながら一際目立つ、それがピアノ伴奏である。ピアノ伴奏は混声二部であろうと三部であろうと四部であろうと、ソロのようなものである。合唱とは大勢の人が歌うことであり、メインとなるのも大勢の歌声である。しかしその合唱がよくなるのも悪くなるのもピアノあってのことである。確かに曲によってはアカペラで、ピアノなど必要としなくてもすばらしい曲は多数ある。ではなぜ全部の曲をアカペラにしないのか。やはりそこにはピアノの重要性を自然と語っている。

ピアノはほかのパートみたいに、一人がサボっても周りが頑張ればいい、というわけにはいかない。小さなミスでもごまかしが利かない。しかもまったくの素人では、一曲弾けるようになるまでに相当の時間が必要である。その点でもピアノがある程度弾ける人材は希少であり、当日いきなり代わりの人は探せないだろう。

Bの指揮者。合唱において唯一音を発しないのが指揮者である。ではなぜ指揮者が必要なのか。それは独唱を合唱にまとめるためである。指揮者がいなければ個々が自由に歌ってしまう。たとえみんなと合わせようと努力しても、一人ひとり顔を見ながら合唱するのは不可能である。いくら大勢で歌っていてもみんなの歌が合っていなければ、大人数で個々に独唱しているだけであり、合唱とは呼べない。そこでみんなの代表として指揮者が存在し、みんなは指揮者に合わせることにより、何人いようが一つになるのである。そこでみんなと合っていない奴は、周りが自分に合わせないのではなく、自分が周りに合わせられないのである。つまり私。曲が合唱になるかバラバラの独唱になるかは、指揮者にかかっているのである。

私は音楽に関してまったくの無知なので、ここまで語ったのもすべて私の憶測である。ピアノや指揮者の役目なんて本当のところは知らないし、どっちが重要なのかもわからない。しかしこんな素人の立場から言わせてもらうと、当日休まれて困るのはAのピアノ伴奏者である。

中学校のとき、ピアノ伴奏者を決めるのに何人か候補者がいた。ピアノ伴奏者に決まった人はもちろん、みんなさすがにうまかった。それでも毎日毎日練習をしなければ、自分のクラスの曲を弾けるようにはならない。その代わりは絶対見つからない。ピアノが必要な曲でピアノがなかったら、それはもう絶望的である。それだったら指揮者がいないほうが、まだ曲になりそうである。

指揮者も練習して努力していたのは事実である。しかしここからが素人の考え方で、ピアノの音に合わせれば何とかみんな合わせられるんじゃないのか？　私は指揮者を見てもタイミングなんてわからないし、リズムだって取れない。邪道かもしれないが、私の合唱は指揮者というよりピアノに合わせていた。でも私と同じ方法を取っていた人は少なくないと思う。まして中学生や高校生の音楽祭レベルなのだから、ピアノにすら合わせられない人も出てくる。そう考えると指揮者は代行でもできそうな気がする。

Q42

もし月に行って何をやってもいいとしたら、するのはどっち？

A　石を持ち帰る

B　名前を書いてくる

一九六九年、人類が初めて月面に着陸した。そのときの宇宙船がアポロ一一号である。それから月日が流れ、今では宇宙旅行の計画までされる時代になった。本当にその計画が実現されるかは私の知ったことじゃないが、行けるものなら行ってみたい気も少しする。しかし飛行機にも乗ったことがない私が、果たして宇宙船に堪えられるのか心配である。某テレビアニメのように鉄道なら大丈夫かもしれないが、いざ出発となったらビビって降りるかもしれない。まあ交通機関の話は追い追いすることとして、それよりも月に行ったら何をするか旅行プランを先に決めておこう。

Aの石を持ち帰る。その土地の記念品として、みんなへのお土産として何か適当な物はないか。そう考えたとき、月に売店でもあればいいが、今のところそれはまだ発見されていない。何もない月で持って帰って来られるとしたら石ぐらいだろう。宇宙人にサインしてもらうのもいいと思うが、必ずしも出会えるとは限らないし。だからといって探し回るのも、せっかくの旅行なのに時間がもったいない気がする。とりあえず確実に記念品を確保するほうがいいのではないだろうか。

Bの名前を書いてくる。手元に何も残る物はないが、月に行ったという記念と記録を残すことにより、自己満足が得られる。次に月を訪れた人が自分の名前を見ることを想像すると、少し先輩気分を味わえる。また、自分の名前が世に広まっていくような気がして、ちょっとした有名人気取りである。

私も学生のころ、学校の机に名前やメッセージを書いて、無差別に誰かに見てもらおうとしたことがあった。もしも私の知り合いがそれを見たなら、見たという報告をしに私のところへやって来る。その報告を受けるのをねらって書いているわけではないが、自分のやったことが無駄ではなかったと嬉しくなる。これは本当に自己満足であり、それ以上でもそれ以下でもない。

普通に京都や鎌倉や箱根に旅行に行ったのなら、記念となるお土産を買って帰る。月に行ってもその考え方は変わらない。

その前に、月に行ったら地球をバックに写真を撮りたい。私としてはこれだけでもかなり満足なのだが、ほかにも何かオプションがあるのなら限界までやりたい。そしてオプションもとうとう最後の一つ。そこで残ったのがAとBだとしたらどっちを選ぼうか。普段どおりの旅行と考えれば、順当にAの石を持ち帰る、にするところだが、月となるとなぜかBの名前を書いてくる、である。なぜ月だと順当にいかないかというと、月の石だからといって食べられるわけではないし、飾っても普通の石と変わらないからである。旅行に行ってお土産を買うのは、その土地の名産を地元にいながら食べられたり、部屋に飾る置き物として気に入ったから買うのである。月の石も宝石や大理石のようなら持ち帰りたいが、見た目は漬物石とたいして変わらない。そんな石、ある程度、人に自慢し終わったら、本当にただの石になってしまう。たとえ月の石が世間では高価な物だったとしても、私はそういう物に興味がないので、お金になるならお金に換える。でも月に行った記念品を売るのも少し寂しいので、それだったらまったくの他人でも、自分の名前を知ってもらったほうが有意義である。それが何かのきっかけになるかもしれないし。

Q43

家の玄関に作られたくないのはどっち？

A　みつばちの巣

B　でかいくものくもの巣

家の中に入るには入口が必要で、外に出るには出口が必要である。その出入口となるのが玄関である。その利用頻度は、外に出るのと同じぐらいの回数であろう。人によって外に出る回数が多かったり少なかったり、差はあると思うが、今回は最低でも一日一回以上を目安に考えてもらいたい。また玄関といっても家の中じゃなくドアの外である。いくら何でも家の中に作られるほど、なめられてはいないだろう。

Aのみつばちの巣。我々のために、はちみつを集めてくれる、ありがたい働きばちである。しかし、あまり馴れ馴れしい態度で接すると、たちまち毒針で刺される。みつばち程度の攻撃力ならたいしたことはないが、すずめばちのように攻撃力の強いはちに刺されると、思わぬ大怪我をする。万が一クリーンヒットでもすれば、命を落とすこともある。すずめばちは、はちの中でも特別に強いが、みつばちだって一応はちなので危険には違いない。そんな要注意人物を隣人に持ちたくはない。できることならほかに行ってくれればいいのだが、果たして今回の人は話のわかる人であろうか。

　Bのでかいくものくもの巣。私の知っている限りでは、日本に生息しているくもは強い毒性もなく、人間に直接危害を加えることもないらしい。しかしあの気色悪い生物を好む人はそうそういないだろう。いるとしたら、よっぽどくもの魅力に魅せられた、くもマニアか何かぐらいだろう。

　くもは見ているだけでも気分が悪くなるというのに、くもの巣は見えにくく、油断をしていると顔や服にひっかかってしまい非常に不愉快である。しかもくもの巣がかかっていると、何となくさびれた家に見えてしまう。

ＡのみつばちもＢのでかいくもも、できることなら自分の家の近くに引っ越してきてほしくなかった。中でもＢのでかいくもは、Ａのみつばちに比べて引っ越してきてほしくない。つまり家の玄関に作られたくないのは、Ｂのでかいくものくもの巣である。

毎日顔を合わす隣人が、見るだけで不愉快さを感じるのは、こっちとしても本意ではない。だったら少し危険性があって近づきがたいほうが、私は我慢できる。しかもくもは、昆虫を捕まえてそれを食べ、食べ残した死体をくもの巣にかかったままにしておく。それを見るのもあまりいい気分はしない。どうせなら食べ残した物は、ちゃんとゴミの日に出して始末してほしい。それに連中は甘やかすとすぐ調子に乗って、巣を大きくする。あの巣も結構ひっかかって邪魔である。

私は自転車を駐輪場に止めて、用を済ませて帰ってきたら、くもの巣を作られていたことがあった。相当なめられていると思い、右手で壊してやったが手にくっついてしまった。右手にくっついたくもの巣を左手で取ろうとしたら、今度は左手にくっついてしまい、結局隣の自転車にくっつけた。気色悪い上に迷惑までかける奴なんて、近くに住んでほしくない。

Q44

泥棒に盗まれても我慢できるのはどっち?

A　水道の蛇口の回すところ

B　コンセントの差し込み口

「うそつきは泥棒の始まり」。私はどちらかというと、泥棒より詐欺だと思う。それはどうでもいいとして、気がついたらこんな言葉を覚えていた。多分小学校に入る前にはもう覚えていたと思う。子供ながらに、うそをつくことと泥棒は、悪いことだと感じていたのだろう。実際、泥棒は立派な犯罪で、法によって罰せられる。

私が中学三年だったころ、進路について考えたことがあった。やりたい仕事がなかった私は、学校で職業アンケートを書かされたとき、慌てて仕事を考えてみたが何も思いつかなかった。当時、もみ上げの長い世紀の大泥棒に憧れていた私は、本気で将来その人みたいなことをやって生きていこうかと考えた。その後すぐに湾岸署の刑事に憧れて、結局アンケートには警察官と書いた。私の憧れた大泥棒は、格好よく誰からも好かれるキャラクターであり、私以外にも憧れた人は大勢いると思う。しかし現実世界の現状では、いくら格好よくて人気があっても泥棒は泥棒であり、盗まれた側にとってはにっくき悪党である。しかし不幸中の幸い、とでもいうのか、盗まれた物が家宝や大金でなかっただけでもよしとしよう。

Aの水道の蛇口の回すところ。今の蛇口は形もさまざまで、回さないタイプの物も多いと思うが、考え方は一緒である。いくら蛇口があっても水が出せないのでは使いようがない。ほかに代用品があればいいのだが、すぐには見つからないだろう。いっそ蛇口を取って、水道管から直接水を取ることもできるが、それでは水が出っぱなしになってしまう。車のハンドルがないのと同じである。

Bのコンセントの差し込み口。最新の電化製品を揃えても、電気を取り込むことができなければ、猫に小判である。現代人の生活に必要不可欠な電気を使わないで、暮らすことができるだろうか。

A、Bどちらも被害総額は、ほかの物に比べてたいしたことはないだろう。でもそこで「ほっ」と一安心していると、お金ではないもっと重要なことに気づく。修理すれば早いことだが、もしどこも忙しくすぐ来られないときはどうする。一年も二年も待っていられるか。私は堪えられない。特にBのコンセントの差し込み口は、Aの水道の回すところよりも必要性が高い。よって我慢することができるのは、Aの水道の蛇口の回すところである。水がなければ、買うかもらうか何とか確保すればいい。しかし電気はどこかから引っ張ってくるわけにもいかず、年中停電状態になってしまう。私は三月のまだ寒い季節に、電気の使えない部屋で過ごした経験があるが、あれはきつい。夜七時になるともう暗くて寝るしかなくなる。昔の生活はみんなそうだったのかもしれないが、今そんなことをやっていたら、時代に取り残されてしまう。私はそんなの絶対いやだ。

Q45

テストのとき書くものが二本しかない。使うならどっち?

A　黒のボールペン

B　芯の折れた鉛筆

学校の期末テストに入学試験、心理テストに各種の資格、免許の取得試験と、テストにもさまざまな種類がある。テストの大半は厳格であり、自分の人生を左右するものも少なくない。

そんな大事な場面で書くものを二本しか持っていかず、しかも両方とも戦力として今一つときている。度胸があるのか、ただいい加減なだけなのか。どっちにしても、万全の態勢でテストを迎えていないことは確かである。

Aの黒のボールペン。一度書いたらもう後戻りはできない。どんなに修正したくても、消すことはできない。よっぽど自分の解答に自信がなければ、黒のボールペンなんて使えない。私なんて自分の住所を書くのにも、間違えてもう一枚紙をもらっているぐらいだ。でも正式な書類を書くときなどは、黒のボールペンを使わなくてはならない。そう考えれば黒のボールペンを使っていれば、何も文句はないはずである。ただ使う勇気があるかないかの問題である。

Bの芯の折れた鉛筆。鉛筆だから消しゴムで消せる。ただその前に書くことができるか問題である。鉛筆削りで削り直せばまた芯が出てくるが、テストのとき書くものを二本しか持っていかず、鉛筆が折れていたことにも気づかない人が、常に鉛筆削りを携帯しているわけがない。鉛筆削りが使えないとなると、あとは自力でどうにかするしかない。私だったら爪でも歯でも使って木の部分を削るが。

私も一回学校のテストで、シャープペン一本しか持っていかず、しかも壊れたことがあった。そのときは友達が近くにいたので、その人に借りて何とか無事終わらせることができた。その教訓をまったく活かすこともなく、今もシャープペン一本である。しかしここぞ、という大事なテスト、私はまだ入学試験しか経験したことがないが、そういうときは三本も四本も余計に持っていく。もしそんなときにAとBの二本しかなかったら、悔やんでも悔やみきれない。しかし今はテストをやるしかない。

私が自分の実力を発揮できるのは、Bの芯の折れた鉛筆である。書きにくいだろう。読みにくいだろう。気になるだろう。しかし背に腹はかえられない。多少の不便は我慢して、テストをやるしかない。もし黒のボールペンだったら書き直しができず、不便を越えて自殺行為である。そんな勇気あるわけない。あったらこんなせこくて地味な質問考えたりしない。

おわりに

いかがだっただろう。今回あげた質問は、私の思いつきだけであり、この世の中に存在するほんの一部にすぎない。今日曇っているけど傘を持っていこうかやめようか、といった日常生活のささいなことも含めれば、その数は無限である。しかしその中で、悩みがいのある選択は、人によって種類も違えば数も違い、その答えも違う。実際、みなさんの答えは、私の解答と比べてみてどうだっただろうか。まったく私と同じ考えの人はいないだろう。もしいたとしても、パーフェクト賞なんてないから。賞金だってあげないから。

今回の質問で、みなさんがどんな解答をしたかわからないが、百人いれば百とおりの考え方があると思う。多数決だって、用意された選択肢の中から選び出すまでに、考えることは人それぞれ違う。我々はその個人個人の意見を尊重し、たとえ少数派意見であっても無視してはいけない。自分とまったく逆の考え方の人がいても、そういう人もいるんだなあ、と思っておおらかな気持ちでいてほしい。反論するのはいいが、初めから頭ごなしに否定しないでほしい。

遠回しに言っているが、どうか私の解答も大きな器で受け入れてもらいたい。私の解答と比べて、いろんな考え方があるんだなあ、と思ってもらえれば幸いである。一応それがねらいだから。

平成十六年　二月

塚田　セバスチャン

著者プロフィール

塚田 セバスチャン (つかだ せばすちゃん)

1983年４月、新潟県に生まれる。
現在、都内の大学に在学中。

あっち こっち どっち？

2004年2月15日　初版第１刷発行

著　者　塚田 セバスチャン
発行者　瓜谷 綱延
発行所　株式会社文芸社
〒160-0022　東京都新宿区新宿１－10－１
電話　03-5369-3060（編集）
03-5369-2299（販売）

印刷所　株式会社エーヴィスシステムズ

ISBN4-8355-6977-6 C0095